HENRY DAVID THOREAU

孤独の愉しみ方

森の生活者ソローの叡智

ヘンリー・ディヴィッド・ソロー

服部千佳子 訳

イースト・プレス

HENRY DAVID THOREAU

野生の実のしるべ

ソローの遺作エマーソンの追悼

ブラッドリー・P・ディーン編
山口晃 訳

ヘンリー・ディヴィッド・ソロー

孤独の愉しみ方

森の生活者ソローの叡智

はじめに

孤独は、多くのことを私たちに教えてくれます。
一人の時間は、自分自身を熟考し、人生を深めるのに最適の時間です。
この孤独を何より大切に思い、自ら森の中で、自給自足の生活をはじめたのが、ヘンリー・ディヴィッド・ソローです。

一八一七年、ソローは、アメリカ、マサチューセッツ州コンコードに生まれました。ここは、周辺に、丘陵、湖、河川、森があり、自然環境が豊かな地で、思想活動の中心でもあり、すぐれた文学者や思想家が何人も住んでいました。このような環境の中で育ったソローは、やがてハーバード大学で『自然論』の著者のエマソンと親交を深めながら、自然の魅力に深く惹かれていきます。

ソローは、大学卒業後、突然の死によって世を去った兄との散策の思い出から『コンコード川とメリマック川の一週間』という本を執筆します。

さらに深く自然の魅力に惹きこまれてゆくソローは、ウォールデン湖のほとりに小屋を建て、自給自足の生活を始めます。

湖水と森の四季の移り変わり、動植物の生態、読書と思考の時間、そこでの生活は、質素そのものでした。

生活する時間をできるかぎり切り捨て、時間の大半を精神的なものにあてるこの孤独な時間の中で、何が人間にとって本当の幸せなのか、ソローは自らの考えを深めていきます。

この暮らしの記録は『森の生活』という一冊の本になりました。ソローの死後、この『森の生活』は、最も普遍的なアメリカ文学の古典の名著として読まれ続けています。

今日のシンプルライフの原典ともいえる本です。

本書では、この『森の生活』や『市民の反抗』などのソローの著作をわかりやすく現代に生きる人にも役立つように、一五五の名言集として編集・再構成しました。


ソローは、自然を愛し、簡素に暮らし、ナチュラリストとして生きました。

持たない人のほうが幸せになれること、孤独な人のほうが成熟できること、孤独な時間を愉しみ考えること、自然の中で自分と世界を見つめることなどから、ソローはいくつもの人生の原則を見つけていきます。

それはきっとあなたの人生も豊かにしてくれるものです。

さあ、ソローが森の中を歩き、孤独の中で思索し、たどり着いた言葉を味わってみてください。

CONTENTS

I 孤独が一番の贅沢

HENRY DAVID THOREAU

010　シンプルな食事や服のほうが、美しいと思われる。
011　新しいものに飛びつかず、古いものに立ち返る。
012　余分なものはいらない。人生の冒険に乗り出すのだ。
013　真理はいまここにある。いま、ここで生きていることを実感しよう。
014　自分のいまの生活を悪く言ってはいけない。自分の人生を愛したまえ。
015　四季との交流を楽しんでいるかぎり、人生を重荷に感じることはない。
016　本当に伝える必要のある情報かどうかを考えれば、ほとんどの情報は不要だ。
017　来ない客のために客間をつくる必要はない。
018　二度読みたいニュースはない。ほとんどが原則を知っていれば済む問題だ。
019　友はいつも通り生活の場で迎えることだ。
020　相手がやり直そうとしているのなら、その人の過ちを一度許そう。
021　理解できない相手を常識はずれと思うのは、自分が愚かだからだ。
022　野性味を持った人間を友に持ちたい。
023　虎を犬のように飼いならす理由がどこにあるのか。それは最高の利用法ではない。
024　しょっちゅう人に会いに行く。そんな習慣がたがいの尊敬心を失わせる。
025　森に行けばおおぜいの仲間に会える。みんな孤高の存在だ。

026 親密な交友を楽しもうとするなら、二人の距離は遠く離れていなければならない。

027 不平不満ばかり言っている者にこそ語りかけよう。行い一つで変えられると。

028 流行の向こう側で見え隠れする真剣なまなざしを見つめることが大切なのだ。

029 絶望ではなく勇気を、病気ではなく健康と安息を与えあうべき。

030 最も速い伝達手段が最も大切なメッセージを届けるとはかぎらない

031 迅速な会話でなく、良識ある会話を。

032 時間を味方につけたいなら、時間のことを忘れるほど何かに没頭することだ。

HENRY DAVID THOREAU

II 簡素に生きる大切さ

033 風向きが定まらないこの世で生き抜く方法が一つある。すべてを簡素にしておくことだ。

034 生きるのに本当に必要な食べものは無理せずとも手に入る。しかし必要以上を求めると飢えに苦しむ。

035 破れた服を着たって、何一つ失うものはない。

036 最高の芸術は、その日の生活の質を高めることである。

037 生きる術は自分で見つけ出さなくてはならない。その術は経験から生まれる。

038 いますぐ生きる実験に取り組むのだ。それが生きがいにつながる。

039 死ぬ間際に人は山ほど多くの真理に気づく。財産を築いても無駄であることも知る。
040 いくつかの失敗で悩むな。人間の可能性はひらかれている。
041 自分に必要な生活を求める。僕には僕の価値がある。
042 多くの文明は宮殿を生み出したが、そこに住む理由はどこにあるのか。
043 予定通りに進まないかもしれない。でも正しい目標があればいい。
044 大人の多くは、型にはまって生きている。だから、真の可能性に気づかない。
045 謙遜すればするほど、誠実さの値打ちが高まる。
046 争いはなぜ起きるのか。必要以上に持っている人間と必要なものさえ持っていない人間がいるからだ。
047 人生は丁寧に扱わなければ、うまくいかない。
048 冒険を求めよ。夜が来たら、どこにいようと我が家のようにくつろげばいい。
049 高尚さと野蛮さが交じり合った生活を求める。
050 純潔でないヒーローも天才も聖人もいない。
051 純粋さは努力から生まれる。肉体的欲望は怠惰から生まれる。
052 知性を持ちなさい。それも、いつまでも腐らない知性を。
053 春という季節は、すべてを一度許すために巡ってくる。
054 生きづらくなるのは現状に縛られてしまうからだ。

055 貧しくても、楽しく自立して生きることはいくらでもできる。
056 富がなければ精神的に高いレベルで生きていられる。
057 現実をそのまま受け入れる。勝手なイメージを広げない。
058 どんな者にも朝は訪れる。夜明けは、絶対に見捨てない。夜明けをどんなときも信じなさい。
059 美徳と言われる行為の多くはくだらない。本当の徳を持っている人間はほかにいる。
060 自分の良心を取り戻せ。そして、自分の良心に基づいて行動したまえ。
061 共同体や組織から身を引いて超然とするのだ。
062 弱者や少数派を守れない政府は、もはや政府とは呼べない。
063 退屈するのはその中に野性がないからだ。
064 他人と同じように飼いならされる理由はどこを探してもない。
065 人間のすべてを耕してはいけない。森を残しておけ。
066 自由をもっと求めよ。本物の知識は自由になるためにある。
067 どうして単に狡猾というだけで賢人と呼べるのか。
068 自由になれるのに、自由にならないのはなぜなのか。奴隷になるために自由はあるのではない。
069 手段や道具は、真理を追究するためのものなのに、
手段や道具ばかりに夢中になる社会ができあがってしまった。

III

HENRY DAVID THOREAU

心を豊かにする働き方

070 宇宙の法則を見つけそれに従って生きたい。賢く生きるとはそういうことなのだ。

071 生活費を稼ぐために、起きている時間のほとんどを労働に費やすのは、明らかに失敗だ。

072 機械のように働かない。人間らしく生きるために。

073 無知だという自覚を持つ。細心の注意を払って。

074 頂点を目指すうちに、自分が自分を奴隷にする奴隷監督になっていく。

075 「世間の評判」の奴隷になってしまう人間がなんと多いことか。

076 娯楽を楽しむ。そのために仕事をする。

077 新しいことをするのには古い服を着てやってみるべきだ。

078 なぜ貧しいのか。それは、家という常識にからめとられているからだ。

079 一年に六週間ほど働けば、生活費はすべてまかなえる。

080 額に汗して働く必要など、実はどこにもない。

081 協力者を求めるなら、まず信念を持て。そして、ともに生きる人を探せ。

082 自分の才能に合った仕事を選びなさい。

083　仕事のために目覚めた一日からは、得るものは多くない。朝、自分の人生を始めるために起きる。

084　人生にとって本当に必要な仕事など何もない。人生を無駄にしながら生きてはならない。

085　自分が真理に近づける仕事を選びなさい。

086　しっかりした柱を見つけて釘を打ちこむ。そんな仕事をすべき。

087　自分が糾弾している悪に手を貸していないか、じゅうぶん警戒する。

088　似ているけれど別々につくられている僕たち。仕事も、その特性を活かしてすることを考えるべきだ。

089　森を切り倒す対象として見ない。相場師の目を疑う。

090　投げこまれた石を投げ返す。仕事の多くは、実はこんな石の投げ合いである。

091　金のためだけに仕事をする者は、欺かれているか、自分を欺いているかのどちらかだ。

092　仕事とは何かをやりとげるためにするものだ。

093　愚かな人間は、自分をより高く買ってくれる人を探し続ける人生を送る。

094　今日から、お金にならなくても本当の仕事を始めよう。今日生きるためだけの仕事をやめて。

095　どんな仕事をするのであれ、生活に余白をたっぷり取っておきたい。

096　雑草が茂っていることも喜ぶべきではないだろうか。くよくよするのはやめにしよう。

097　硬くなった手のひらに触れられると胸が高鳴る。

098　森の中へ入り、仕事のことを忘れる。深みにはまらない。

IV

HENRY DAVID THOREAU

持たない喜び

099 人間は自分がつくった道具の道具になってしまった。

100 隣人が持っているからといって、家を買う必要はない。

101 詩はどこから生まれるか。それは自分の手で家を建てることからである。

102 実際に存在する世界だけを見つめればいま抱えている不安はすぐになくなる。

103 あやふやな自由のために働くなら、いますぐ詩人になろうではないか。

104 多くを持てば急所をしめつけることになる。

105 手段は進歩しても、達成すべき目標は進歩していない。

106 資産は必ずしも人生を楽しいものにしてくれるわけではない。

107 働くだけ損である。なぜなら、あなたは人生に満足できず、そのうえ人生を無駄使いしているのだから。

108 茶やコーヒーが自由に飲めるからといって、得をしているわけではない。

109 簡素な生活をする気になれば、もっと楽しい生活が始まる。

110 所有はするな。生計を立てることを商売とせず、それを遊びとせよ。

111 食べものを味わう。大食家にはならずに。

112 家を持たず、また食べすぎることもなければ、働く必要もない。

113 金持ちになったら徳を失う。失わないためには、貧しかった頃に計画したことを実行することだ。

114 労働は楽しみである。もし欲望がふくれあがらなければ。

115 くじ引きで大金を引き当てるような社会から遠ざかる。

116 年長者だからといって、その意見をうのみにしてはならない。

117 金メッキは、ひと粒の知恵にはおよぶまい。

V

HENRY DAVID THOREAU

自然の教え

118 湖は人生よりはるかに美しく、人間性よりはるかに透明である。

119 自然の中で暮らせるというのは利益なのである。その利益は万人にひらかれている。

120 閉じこもるための家や部屋はいらない。閉じこもりたければ、野生の鳥がいる自然の中にいればいい。

121 宇宙はこの地球上にもたくさんある。僕はそんな宇宙の片隅で暮らしていた。

122 朝、早起きして池で水浴びをする。

123 朝を大切にしなさい。朝は活力をくれる。

124 心の中にいつも夜明けを持つ。常に朝の気持ちでいる。

125 森は、人生と向き合える場所なのだ。

126 軌道はすでに敷かれているのだ。それならば、一生を思索に費やそうではないか。

127 自然と同じように生きよう。それは、とても豊かな時間をもたらしてくれる。

128 死ぬときには、体の鳴る音を聞こう。生きているのであれば、なすべき仕事に取りかかろう。

129 自然にまかせた平穏な一日を過ごす。

130 人間が生み出す音を遠ざけよ。そうすれば、自然なメロディーが耳に届く。

131 牛の鳴き声さえも歌のように、やがて聞こえてくる。

132 たとえ雨が降り続いて、ジャガイモが駄目になったりしても、
高地の草には恵みの雨。僕にとっても恵みだろう。

133 雨の音と交流する。やさしくて慈悲にあふれた交流を。

134 嵐の日にこそ心が慰められる。思想の根が張り、大きくふくらんでいく。

135 僕たちが住むこの地球も、宇宙の中ではほんの小さな点にすぎない。

136 神と天国に一番近い場所。そこは、ウォールデンという湖のほとりだ。

137 人間も動物も湖を愛する気持ちは変わらない。

138 薪は、二度も体を暖めてくれる。これほど効率のいい燃料はほかにない。

139 冬の夜、湖はうめき声をあげる。

140 森に住んで飽きることはない。動物たちが僕を楽しませてくれる。

141 自然は、僕たちの問いに何も答えない。

142 森で暮らせば、春の訪れを見る機会と余裕が持てる。

143 春に顔をのぞかせて野草たちは美しい。

144 春、それは混沌から生まれる宇宙。

145 僕たちには野性という強壮剤が必要だ。

146 僕たちは英気を回復せねばならない。人間の限界が超えられる瞬間を見て。

147 無数の命が犠牲になっても、自然は余裕だ。

148 歩け、森の中を。歩かない足は、やがて身を滅ぼす。

149 行き先を考えずに歩く。そうすれば、自然と正しい方向へ導かれる。

150 最も生命力にあふれているのは、最も野性的なものだ。

151 英気を養うために沼地を探す。そこには自然の力、自然の精気がみなぎっている。

152 風景の中に美と秩序がある。

153 自然に教えを乞えばうまくいく。

154 自然の一部となれば、息が詰まるほどのメッセージが森全体から伝わってくる。

155 森の生きものたちが刻むリズムが、森の中で暮らしていると見えてくる。

孤独が一番の贅沢

I

HENRY
DAVID
THOREAU

とびきり上等な孤独になれる時間を一日一回持つ。

1

HENRY DAVID THOREAU

列車がせかせかした世の中をすべて一緒に運び去ってしまい、湖の魚たちもはや轟音を感じなくなると、僕はいっそう孤独になる。これからの長い午後の時間、僕の瞑想を邪魔するものは、おそらく遠くの街道を通る馬車か荷馬車の、かすかな響きぐらいのものだ。

孤独は、最もつきあいやすい
友達である。
それなのに、孤独はたいてい嫌われる。
自分の孤独に手を差しのべよう。

2

HENRY
DAVID
THOREAU

大部分の時間は一人で過ごしたほうが有益だと思っている。人と一緒にいると、たとえ最高の相手とでも、すぐ退屈してしまい、時間の浪費である。僕は一人でいるのが好きだ。孤独ほど気の合う友人には会ったことがない。僕たちは、部屋の中に一人でいるときより、外で人の中にいるときのほうが、概して孤独である。どこにいようと、考えごとをしたり仕事をしたりしているときは、いつも一人なのだ。

自分のリズムで歩くことが大切なのだ。
他人の歩調に合わせようとするから
つまずく。

3

HENRY
DAVID
THOREAU

なぜ僕たちは、こうまで必死になって成功を急ぐのか。なぜ必死になって事業で成功しようとするのか。どんなにゆっくりとリズムを刻もうと、どんなに遠くで鳴っていようと、自分に聞こえている音楽に合わせて歩めばいい。リンゴやオークの木みたいに、早く一人前になることが重要なのではない。まだ春なのに、急いで夏にしなくていい。

誰にも出し抜かれない生き方がある。
それはゆっくり歩くことだ。

4

HENRY
DAVID
THOREAU

さて、いまから徒歩で出発すれば、夜までにはフィッチバーグに着くだろう。以前このペースで、一週間歩いて旅をしたことがある。きみはその間働いて汽車賃を稼ぎ、明日、あるいは幸運にもかき入れどきですぐ仕事が見つかれば今夜にも、そこへ着くだろう。フィッチバーグを目指して歩く代わりに、きみは一日の大半をここで働いて過ごすわけだ。ということは、鉄道が世界を一周したとしても、僕は常にきみより先を行っていることになる。さらに、その地方を見物し、いろんな体験ができることを考えると、とてもきみのやり方につきあう気にはなれないね。

宇宙の法則とはこうしたもので、人間はとてもかなわない。

「みんな」という言葉に
まどわされてはならない。
「みんな」はどこにも存在しないし、
「みんな」は決して何もしてくれない。

5

Henry
David
Thoreau

新しい服をあつらえようと思い、こんな風にしてくれといつもの仕立屋に頼むと、彼女はおごそかに、「最近はみなさん、そんな風にはされませんよ」とのたまう。しかも、まるで運命の三女神のような、超人格的な権威者の言葉を引用するかのように、「みなさん」という言葉をわざとらしく控えめに発音して。「みなさん」は僕と、どれほど深い関係にあるのか。僕の個人的な問題にくちばしを入れるほどの権限を持つ存在なのか。そして、ついに僕は、同じように「みなさん」をわざと控えめに発音し、謎めかした言い方で、仕立屋にこう言い返してしまう。「たしかに、つい最近までは、みなさん、こんな風にはしなかったですね。でも、いまはこれが流行《はや》りなんですよ」

自分の服を大切にしている人間とつきあう。

6

HENRY
DAVID
THOREAU

僕はときどき、知人たちにこう尋ねてみる。「膝につぎがあたっていたり、折り目が余分に二本ついていたりするズボンをはけるかい？」ほとんどの人は、そんなものを身につけたら、もう人生は終わりだと信じこんでいるかのような反応をする。彼らにしてみれば、破れたズボンをはいて町をうろつくくらいなら、折れた脚を引きずって歩くほうがましなのだろう。紳士は自分の脚にアクシデントが起きたら修繕するが、ズボンの脚が同じようなアクシデントに見舞われても、もはやなんの手も打つ気はないらしい。

人生が本当に素晴らしいものなのか。
それは余計なものを
すべて取り去ったときに見えてくる。

7

HENRY
DAVID
THOREAU

僕は深く生き、人生の真髄をすべて吸収したいと思った。人生とは言えないものをすべて追い払えるほどたくましく、スパルタ人のように生きたいと思った。広範囲に活動し、危ない目に遭い、人生を窮地に追い詰め、最悪の状態まで堕落させ、それで人生などつまらぬものだとわかったら、その真のつまらなさをすべて体験したうえで、世間に公表したいと思ったのだ。もし人生が崇高なものであったなら、それを身をもって体験して、次の機会に真実を書きたいと思った。

他人に認められることは必要だが、
そのことばかり求める人生ではつまらない。

8

HENRY
DAVID
THOREAU

人はただ一種類の生き方のみを褒めたたえ、成功だとみなす。なぜほかのさまざまな生き方をないがしろにして、一種類の生き方だけを過大評価しなければならないのだろう。

読書とは、
高貴な知的訓練をすることである。

9

HENRY
DAVID
THOREAU

偉大な詩人たちの作品は、まだ人類によってまともに読まれたことがない。なぜならば、それを読むことができるのは、偉大な詩人だけだからだ。そうした作品は、これまで大衆が星を読むように、いわば天文学的にではなく、せいぜい占星術的にしか読まれてこなかった。高貴な知的訓練としての読書についてはほとんど、いや、何もわかっていない。贅沢品のように僕たちを心地よくさせ、高度な能力をしばらく眠らせておくものではなく、読むためにはつま先立ちもいとわず、最も集中力のある、頭のはっきりした時間をあてざるをえないもの、それこそが読書だ。

シンプルな食事や服のほうが、
美しいと思われる。

10

HENRY
DAVID
THOREAU

僕の場合、日常的に動物性食品を食するのを避けたのは、それが不浄なものだからだ。また、魚を捕り、臓物を出し、料理して食したとき、どうしても必要な食物だと思えなかった。少量のパンとジャガイモがあれば、手間もかからず、汚れものも少なく、同じくらいの滋養はとれると思った。多くの同世代人と同じように、僕は長年動物性食品やお茶やコーヒーなどはめったに口にしなかった。体に害があるとわかったからというよりは、どうにも食したいという気が起こらなかったからだ。動物性食品に対する嫌悪感は、経験によるものではなく、本能的なものだ。粗食に徹し、質素に暮らすほうが、多くの面において、ずっと美しく感じられたのである。

新しいものに飛びつかず、
古いものに立ち返る。

11

Henry
David
Thoreau

貧しさを薬草のように、セージの葉のように、大切に育てよう。衣服にせよ友人にせよ、新しいものを手に入れようとあくせくするのはやめたほうがいい。古いものを裏返して使えばいい。古いものに立ち返るのだ。ものが変わるのではなく、僕たちが変わるのだ。衣服は売り払っても、思想は守ろう。

余分なものはいらない。
人生の冒険に乗り出すのだ。

12

HENRY
DAVID
THOREAU

暖が取れたなら、人は次に何を望むだろう。さらに暖まりたいとは思わないはずだ。もっと栄養のあるものをたくさん食べたい、もっと大きくて立派な家がほしい、もっと質のいい、豪華な衣装が着たい、もっと多くの暖かい暖炉を燃やし続けたいなどとも思わないだろう。生きていくのに必要なものが手に入ったら、余分なものはいらない。人間にはそれ以外にも選択肢がある。つつましい骨折り仕事を終えて休暇が始まったいまこそ、人生の冒険に乗り出すのだ。

真理はいまここにある。
いま、ここで生きていることを実感しよう。

13

HENRY
DAVID
THOREAU

人々は、真実とは、太陽系のはずれとか、地球から一番遠い星の向こう側とか、あるいはアダム以前の時代とか、人類最後の人間のあととか、はるか彼方に存在すると考えている。永遠の中に、真実で崇高なものがあるというのはその通りだ。しかし、こうした時間、場所、機会はすべて、いまここに存在する。

自分のいまの生活を悪く言ってはいけない。
自分の人生を愛したまえ。

14

HENRY
DAVID
THOREAU

人生がどれほどみすぼらしいものであろうと、それを直視し、生き抜くことだ。逃げたり、悪態をついたりしてはいけない。あなたが最も富んでいるとき、人生は最も貧しく見える。あら探しが好きな人は、天国にだって難癖をつけるものだ。どんなに貧しくても、自分の人生を愛するのだ。おそらく、救貧院にいても、楽しい、胸のわくわくする、素晴らしいときを過ごすことができるだろう。夕日は金持ちの邸宅の窓と同じように、養老院の窓からも明るく反射するのだ。

四季との交流を楽しんでいるかぎり、
人生を重荷に感じることはない。

15

HENRY
DAVID
THOREAU

たとえ気の毒なほど人間嫌いの人や、ひどい憂うつに悩む人でも、自然の事物の中には、この上なく心地よくてやさしい、無垢で励みになる交友を見つけることができる。自然のまっただ中で暮らし、五感を研ぎすませていれば、まっ暗な憂うつにおちいることはない。健康で無垢な耳には、嵐でさえアイオロスの琴の音に聴こえる。純真で勇気ある者を、むやみに低俗な悲しみにおとしいれることは何人にもできない。四季との交流を楽しんでいるかぎり、人生を重荷に感じることはない。

本当に伝える必要のある情報かどうかを考えれば、ほとんどの情報は不要だ。

16

Henry
David
Thoreau

郵便局がなくても、僕は平気だ。郵便局がないとできない重要な連絡ごとなど、ほとんどないと思っている。こう言ってはなんだが、切手を貼る価値のある手紙など、これまでの人生で一、二通しか受け取ったことがない。世間には一般に、ペニー郵便制（訳注：一通の郵便物に一ペニー払う制度）なるものがあるが、これは一般に、しばしば何の問題もなく冗談で伝わる相手の考えに、わざわざ真面目くさって一ペニー払うような制度だ。

来ない客のために客間をつくる必要はない。

17

HENRY
DAVID
THOREAU

　まともな大人が、若者に教訓や実例を示しながら、死ぬまでにピカピカの靴を余分に何足、雨傘を何本、それに頭のからっぽな客を迎えるためのからっぽの客間をいく部屋調達しておくべきだと、おごそかな口調で訓示などするだろうか。

二度読みたいニュースはない。
ほとんどが原則を知っていれば済む問題だ。

18

HENRY
DAVID
THOREAU

さらに僕は、新聞で記憶に残るような記事を読んだことがない。誰それが何を盗まれたとか、殺されたとか、事故で死んだとか、家が燃えたとか、船が難破したとか、汽船が爆発したとか、牛が西部鉄道で轢かれたとか、狂犬が殺されたとか、いなごの大群が冬に発生したとか、似たような記事ばかり、何度も読む必要はない。一度でたくさんだ。原則さえ飲みこんでしまえば、おびただしい数の実例や応用など気にする必要はない。哲学者にとっては、いわゆるニュースはすべてゴシップにすぎず、そんなもの、ばあさんたちが茶を飲みながら編集したり読んだりしていればいいのだ。ところが、こうしたゴシップに群がる人間が少なくないらしい。

友はいつも通り生活の場で迎えることだ。

19

HENRY
DAVID
THOREAU

もてなしとは、客をできるだけ遠ざける技術になってしまった。料理にしたって、まるで客に毒を盛ろうとたくらんでいるかのように、こそこそとつくられる。僕はこれまで多くの人の敷地内にお邪魔し、中には法的に退去を命じられてもおかしくない場合もあったかもしれないが、多くの人の家にお邪魔したという気がしない。前に述べたような家で、王と王妃が質素に暮らしているなら、僕は通りすがりにでも、着古した服のまま訪ねてみるかもしれない。しかし、現代風の宮殿に閉じこめられたなら、ただひたすらなんとか逃げ出せないものかと考えるだろう。

相手がやり直そうとしているのなら、
その人の過ちを一度許そう。

20

HENRY
DAVID
THOREAU

自分が純真さを取り戻せば、隣人の純真さも認められるようになるものだ。昨日は隣人を盗人、好色家とみなして、ただあわれみ軽蔑し、世の中に絶望していたかもしれない。しかし、この春の最初の朝、太陽の光が明るく暖かく降りそそぎ、もう一度世界を創りなおそうとしているとき、その隣人が穏やかに仕事に励んでいるところに出会い、幼子のような純真さで春のきざしを感じとっているのを見たら、その男のあらゆる罪を忘れてしまう。なぜ看守は牢獄のドアを開け放さないのか。なぜ裁判官は訴訟を却下しないのか。なぜ伝道者は集会を解散しないのか。それは彼らが、神が与える示唆に従わず、神がすべての人に惜しみなく与える許しを受け入れようとしないからだ。

理解できない相手を常識はずれと思うのは、
自分が愚かだからだ。

21

HENRY
DAVID
THOREAU

なぜ僕たちはいつも、認識力を最も鈍いレベルに落とし、それを常識として賛美するのか。人の一倍半頭が切れる人を、私たちは人の半分しか知恵のない人と分類する傾向がある。それは、僕たちが人の知恵を三分の一しか認識できないからだ。

野性味を持った人間を友に持ちたい。

22

HENRY
DAVID
THOREAU

友人や隣人には、飼いならされた人ではなく、野性的な人がいい。善人や恋人同士でも、ぶつかり合ったときはすさまじい野性味を発揮するもので、それと比べたら野蛮人の荒々しさなど、ささやかな象徴にすぎない。

虎を犬のように飼いならす理由が
どこにあるのか。
それは最高の利用法ではない。

23

HENRY
DAVID
THOREAU

虎を飼いならすのも、羊を獰猛《どうもう》にするのも、真の文化がすべきことではない。さらに、皮をなめして靴をつくるのが、虎の最高の利用法ではないのだ。

しょっちゅう人に会いに行く。
そんな習慣がたがいの尊敬心を失わせる。

24

HENRY
DAVID
THOREAU

人とのつきあいは、一般にくだらないものだ。あまりにしょっちゅう顔を合わせていると、おたがいに新たな価値を身につけるだけの時間がない。一日に三度の食事で顔を合わせ、カビの生えた同じ古いチーズに新しい風味をつけて、たがいに与え合っているようなものだ。この頻繁な集まりをなんとか我慢できるものにし、争いを起こさないようにするためには、エチケットや礼儀と呼ばれるルールを取り決めるしかなかった。僕たちは群れて暮らし、たがいに邪魔をしあい、つまずきあっている。こうして人は、たがいに尊敬の念を失くしていくのではないだろうか。そんなに頻繁に会わなくても、大切な、心のこもったつきあいはじゅうぶん続けられるはずだ。

森に行けばおおぜいの仲間に会える。
みんな孤高の存在だ。

25

HENRY
DAVID
THOREAU

僕の家の中には、おおぜいの仲間がいる。とくに、誰も訪れてこない朝などは。比較を使って表現してみよう。僕の置かれた状況をうまく伝えられるかもしれない。僕がさびしいと思わないのは、大きな笑い声を立てるカイツブリや、ウォールデン湖そのものがさびしくないのと同じだ。といっても、あの孤独な湖にどんな仲間がいるだろう。それに、あの紺碧の水の中に、青い悪魔は住んでいない。でも、青い天使ならいる。太陽は一つだ。どんよりした空を見上げると、二つに見えるときがあるが、一つはにせものだ。神は一人だ。しかし、悪魔は一人どころか、おおぜいの仲間を引き連れ、大軍をなしている。

親密な交友を楽しもうとするなら、
二人の距離は
遠く離れていなければならない。

26

Henry
David
Thoreau

僕たちがもし内面で、言葉で話しかけられないもの、あるいは話しかけることを超越したものときわめて親密な交友を楽しもうとするなら、自分が黙っているだけでなく、どんな場合でもたがいの声が聞こえないように、人との間に距離を置いていなくてはならない。この基準に照らしてみると、会話とは、内面の声が聞こえない人の便宜のためにあるようなものだ。

不平不満ばかり言っている者にこそ
語りかけよう。行い一つで変えられると。

27

HENRY
DAVID
THOREAU

僕が主に語りかけたいのは、現状に満足できず、その気になれば改善できるかもしれないのに、いたずらに自分の運の悪さや時代の厳しさを愚痴っているおおぜいの人々だ。その中には、自分では義務は果たしていると思っているために、いっそう声高に、慰めようもないほど不平をぶちまける人がいる。また、裕福そうに見えるのに、実はあらゆる人の中で一番貧しい階層のことも、僕は念頭に置いている。金を貯めこんだはいいが、その使い方も始末の仕方も知らず、とうとう自分用の金銀の足かせをつくってしまう、そういう人たちだ。

流行の向こう側で見え隠れする
真剣なまなざしを見つめることが
大切なのだ。

28

Henry
David
Thoreau

どの世代も、古い時代のファッションは笑いものにするくせに、新しいファッションには信者のように盲従するものだ。僕たちはヘンリー三世やエリザベス女王の衣装を見ると、まるで人食い人種の島の王や女王の衣装を見たように面白がる。人の体を離れた衣装は、どこかあわれで、グロテスクだ。人の衣装が嘲笑の対象になるのを防ぎ、それに尊厳を与えるのは、そこから見つめる真剣なまなざしと、その服を着て歩む誠実な人生のみである。

絶望ではなく勇気を、
病気ではなく健康と安息を与えあうべき。

29

Henry
David
Thoreau

慈善家はあまりにしばしば、自分が脱ぎ捨てた悲嘆の記憶で人類を大気のように取り巻き、それを共感と呼ぶ。僕たちは、絶望ではなく勇気を、病気ではなく健康と安息を与えあうべきで、病気が伝染しないように気をつけなければならない。

最も速い伝達手段が
最も大切なメッセージを
届けるとはかぎらない。

30

HENRY
DAVID
THOREAU

一分間に一マイル駆ける馬に乗っている男が、最も重要な伝言を運んでくるわけではない。彼は福音伝道者でもなければ、イナゴと野蜜を食べながらやってくる預言者（訳注：バプテスマのヨハネのこと）でもないのだ。名馬フライング・チルダーズ（訳注：一八世紀イギリス競馬界の不敗の名馬）は、果たして製粉所まで穀物を一ペック（訳注：約八・八リットル）でも運んだことがあるだろうか。

迅速な会話でなく、良識ある会話を。

31

HENRY
DAVID
THOREAU

現在メイン州からテキサス州まで、電信を引く工事が急ピッチで行われている。だが、メイン州とテキサス州に、伝えなければならない重要なことは何もないかもしれない。それはちょうど、ある耳の不自由な著名な婦人に紹介してほしいと熱心に頼んでいた男が、いざ婦人の前へ出てそのラッパ型補聴器の一方の端に手をかけると、何も話すことがなかったというようなものだ。まるで電信の主な目的は迅速に会話することであり、良識ある会話をすることではないかのようだ。

時間を味方につけたいなら、
時間のことを忘れるほど何かに
没頭することだ。

32

HENRY
DAVID
THOREAU

ある町に、なんでも完璧を追求しようとする芸術家がいた。ある日、彼は杖をつくろうと思い立ち、「一生のうちにほかに何一つできなくても、これはあらゆる点で非の打ちどころのないものにしよう」と自分に言い聞かせた。そして、この作品にふさわしくない材料は断じて使うまいと心を決め、さっそく木を探しに森へでかけた。木の枝を探しては打ち捨てているうちに、友人たちは一人また一人と、彼のもとを去っていった。というのは、友人らは仕事をしている間に老いて死んでいったからだ。しかし、彼はまったく老いなかった。目的への一途な思いと決意の強さ、高揚した敬虔さが、本人の知らないうちに、永遠の若さを授けていたのだ。

簡素に生きる大切さ

II

HENRY
DAVID
THOREAU

風向きが定まらないこの世で
生き抜く方法が一つある。
すべてを簡素にしておくことだ。

33

HENRY
DAVID
THOREAU

とにかく、簡素に、簡素に、簡素に！　自分のことは百や千ではなく、二つか三つにしておけばいい。百万の代わりに六まで数え、勘定は足の爪にでも書きつけておけばいい。この荒れ狂う海のような現代文明のまっただ中で、人は雲行きや嵐や流砂など、無数のことに気を配らなくてはならず、浸水して船が沈没して港へたどり着けないという事態を避けたければ、推測航法で生きていくしかない。成功者は、実際のところ相当な打算家でなければならないのだ。だから、あくまでも簡素に。一日に三度の食事も、必要なら一度だけにし、百皿並べる代わりに五皿にし、ほかのこともこれに応じて減らしていくといい。

生きるのに本当に必要な食べものは
無理せずとも手に入る。
しかし必要以上を求めると飢えに苦しむ。

34

HENRY
DAVID
THOREAU

生きていくのに必要な食料は、信じられないほどわずかな労働で手に入れることができる。それに、人間は動物と同じくらい単純な食生活を続けても、健康と体力は維持できるものなのだ。平和な時代のいつもの昼どきに、もぎたてのスイートコーンを茹で、塩をかけて好きなだけ食べる――分別のある大人にとって、これ以上望むことがあるだろうか。多少は食事に変化をつけるのも、健康への配慮ではなく、食欲に負けてのことだ。だが人間は、必要な食料が足りないわけではないのに、贅沢な食事ができないために、しばしば飢えに苦しむようになった。

破れた服を着たって、
何一つ失うものはない。

35

HENRY
DAVID
THOREAU

つぎのあたった服を身につけているからといって、僕は人を見下したりはしない。だが、一般に人は、健全な良心を持つことよりも、流行の服、あるいは少なくとも清潔で、つぎのあたっていない服を身につけることにずっと心を砕くようだ。しかし、たとえ綻《ほころ》びが繕われていない服を身につけていたとしても、それが示すその人の性質は、最悪でも不注意ぐらいのものだろう。

最高の芸術は、
その日の生活の質を高めることである。

36

HENRY
DAVID
THOREAU

人間には、意識的な努力によって自分の人生を高める能力が間違いなく備わっているということほど、励みになる事実はない。素晴らしい絵を描いたり像を彫ったりして、美しい作品を生み出せるというのはすばらしいことだ。けれども、僕たちの周囲に満ちていて、何かを見る媒体となる空気そのものを彫ったり、描いたりすることのほうが、はるかに偉大であり、人間には間違いなく、それができるのだ。その一日の質を高めること、それこそが最高の芸術なのである。

生きる術は
自分で見つけ出さなくてはならない。
その術は経験から生まれる。

37

HENRY
DAVID
THOREAU

たとえば、もし僕がある少年に一般教養を学ばせたいと思ったら、単に近隣の教授のもとへ連れていくというありきたりのやり方は取らない。そこではあらゆることを教え、練習させてくれるだろうが、生きる技術は教えてくれない。自分の目ではなく望遠鏡や顕微鏡を通して世界を眺め、化学の勉強はしてもパンのつくり方は習わず、機械学は勉強しても、どうやって暮らしを立てるかは教えてくれない。

いますぐ生きる実験に取り組むのだ。
それが生きがいにつながる。

38

HENRY
DAVID
THOREAU

僕が言いたいのは、学生生活という金のかかるゲームで社会は学生を支援するが、だからといって学生たちは、ただ人生を楽しんだり、研究したりするだけでなく、とことん真剣に生きてもらいたいということだ。いますぐその実験に取りかかること以上に、生きることを学ぶいい方法があるだろうか。これは数学の問題を解くのと同じくらい、精神の鍛錬になるだろう。

死ぬ間際に人は山ほど多くの真理に気づく。
財産を築いても無駄であることも知る。

39

HENRY
DAVID
THOREAU

人々は、誤った考えのもとに働いている。人間のほとんどの部分は、遠からず土に還り、肥やしになってしまう。それなのに、一般に必然と呼ばれる見せかけの運命に流されて仕事につき、あくせく財宝を貯めこもうとする。そんなものを貯えたところで、古《いにし》えの本にも書かれてあるように、いずれは虫に食われ、錆びて朽ち果てるか、さもなければ盗賊に持っていかれるだけだ。生きている間はそれに気づかなくても、いよいよ人生が幕を下ろすというときなって気づくのだから、まったく愚か者の人生である。

いくつかの失敗で悩むな。
人間の可能性はひらかれている。

40

Henry
David
Thoreau

人間の可能性は推しはかれるものではない。だから、それまでの実績によって、人の能力を判断すべきではない。まだほんのわずかしか試みていないのだから。いままでにどんな失敗をしてきたとしても、「わが子よ、悩まなくていい。おまえがやり遂げられなかったことを、おまえのせいだと言う人は誰もいない」（訳注：ヒンズー教の聖典『ビシュヌ・プラーナ』より）。

自分に必要な生活を求める。
僕には僕の価値がある。

41

HENRY
DAVID
THOREAU

僕も以前、繊細な編み目のかごを編んだことがある。だが、人が買いたくなるような価値を持つものにはしなかった。しかし、かごを編むことには価値があると思えたので、人が買いたくなるようなかごのつくり方を研究する代わりに、かごを売らなくても生活できる方法を考えた。

多くの文明は宮殿を生み出したが、
そこに住む理由はどこにあるのか。

42

Henry
David
Thoreau

仮に、大多数の人間が、最新式の設備が整った近代的な家を、とりあえずは持つか借りるかできるとしよう。文明の進歩によって家は改良されたが、そこに住む人間までもが同じように改良されたわけではない。文明によって宮殿はつくれても、王や貴族を生み出すことは、そう簡単ではなかったのだ。であるから、もし現代人が人生の大半を、ただ生きるのに必要なものと、生活を快適にしてくれるものを手に入れるためだけに働いて過ごすのであれば、未開人より立派な家に住むべき理由がどこにあるだろう。

予定通りに進まないかもしれない。
でも正しい目標があればいい。

43

HENRY
DAVID
THOREAU

この世界には、できるだけ多様な人間がいることが望ましい。ただし、それぞれが父や母や隣人の道ではなく、自分の道を見つけ、追求してほしいと思う。若者は家を建てるなり、木を植えるなり、海へ漕ぎ出すなりすればいいが、やりたいことをぜひやり遂げてもらいたい。船乗りや逃亡奴隷が常に北極星を目印にしているように、僕たちもきわめて限定的な目標を持ち続けることによってのみ、賢明に生きていくことができる。しかし、それは人生のあらゆることに対し、じゅうぶんな指針になる。計画通りに港に到着できないかもしれないが、正しい航路を見失うことはないだろう。

大人の多くは、型にはまって生きている。
だから、真の可能性に気づかない。

44

HENRY
DAVID
THOREAU

目を閉じてうたた寝をし、不本意ながらも見せかけに惑わされているうちに、人々はあらゆるところで型にはまった因習的な生活を確立してしまう。その生活も、やはり純然たる妄想の基盤上に築かれたものだ。遊んで暮らしている子供たちは、真の法則や関係を大人よりはっきりと認識している。そして大人たちは、価値ある人生を歩めずにいるくせに、自分たちは経験――すなわち失敗――によって賢くなったと信じている。

謙遜すればするほど、
誠実さの値打ちが高まる。

45

HENRY
DAVID
THOREAU

おとなしく、実直で貧しい男が僕を訪ねてきて、僕のような暮らしがしてみたいと打ち明けた。最大限の単純さと誠実さをこめて、「自分は知恵が足りない」と言った。彼がそう言ったのだ。「ずっとこんな具合さ。子供のころからずっとだよ。頭が悪くて。ほかの子供とは違っていた。脳みそが足りないのさ。神様のおぼしめしなんだろうよ」と。彼を見ていると、それが真実だと思えた。僕はすっかり当惑してしまった。これほど前向きにものを考える同胞に会ったことはなかった。彼の言葉はすべて、この上なく単純で、誠実で、真実そのものだった。そして、まさしく、彼が謙遜すればするほど、その値うちは高まっていったのだ。

争いはなぜ起きるのか。
必要以上に持っている人間と
必要なものさえ持っていない人間が
いるからだ。

46

HENRY
DAVID
THOREAU

もし人間がみな、簡素な暮らしをしたなら、盗みや略奪はなくなるに違いない。こうしたことは、必要以上にものを持っている人間がいる一方で、必要なものにも事欠く人間がいる社会でしか起こらない。

「人が戦《いくさ》に苦しむことはなかった
みながブナの椀だけを欲していた時代には」
(訳注：古代ローマの詩人ティブルスの詩より)

人生は丁寧に扱わなければ、
うまくいかない。

47

HENRY
DAVID
THOREAU

いまでもこの夫婦は、彼らなりの流儀で勇敢に人生に立ち向かい、必死で生きているのだろう。しかし、人生という巨大な隊列を鋭いくさびで一刀両断し、さんざんにやっつける力量は持ちあわせておらず、まるでアザミでも扱うように、ぞんざいに扱おうと考えている。だが、それはとてつもなく不利な戦いだ。

冒険を求めよ。
夜が来たら、どこにいようと
我が家のようにくつろげばいい。

48

HENRY
DAVID
THOREAU

なんの心配ごとも持たず、夜明け前に起きあがり、冒険を求めよ。昼になれば、よその湖畔にいるがいい。夜になれば、どこにいようと、そこを我が家と思うのだ。ここより広い野原はどこにもなく、ここでの遊びほど価値あるものはない。スゲやシダのように、自分の天性にしたがって、たくましく生きよ。スゲやシダは、イギリス干し草には決してならないだろう。

高尚さと野蛮さが
交じり合った生活を求める。

49

HENRY
DAVID
THOREAU

僕の中には、ほとんどの人がそうであるように、より高尚な、いわゆる精神的な生活を送りたいという衝動とともに、原始的で野蛮な生活をしたいという衝動が以前からあり、僕はそのどちらも尊重している。僕は善なるものに劣らず、野性なるものを愛している。釣りは野性と冒険を兼ねそなえており、それゆえにいまでも釣りを愛好しているのだ。ときには下等な生活をして、もっと動物的に日々を過ごしてみたいと思うことがある。

純潔でないヒーローも天才も聖人もいない。

50

HENRY
DAVID
THOREAU

純潔こそ人間の花であり、天才、勇敢、高潔などというものは、そのあとに実るさまざまな果実にすぎない。

純粋さは努力から生まれる。
肉体的欲望は怠惰から生まれる。

51

HENRY
DAVID
THOREAU

努力からは知恵と純真が、怠惰からは無知と色欲が生まれる。学究の徒にとって、色欲とはだらけた精神の習慣である。不潔な人間は例外なく怠け者で、ストーブのそばに座りこみ、日の当たる場所でごろ寝をし、疲れてもいないのに休憩している。不潔さを、そしてあらゆる罪を避けようと思うなら、たとえ馬小屋の掃除であろうと、懸命に働くことだ。生まれ持った性質を克服するのは難しいが、やらなければならないのだ。

知性を持ちなさい。
それも、いつまでも腐らない知性を。

52

HENRY
DAVID
THOREAU

氷は観察の対象として興味深い。フレッシュ湖の氷室《ひむろ》には、五年間保存されている氷があるが、まったく劣化しないそうだ。バケツに入れた水はすぐ腐敗するのに、凍らせた水はなぜいつまでも悪くならないのか。一般に、それは愛情と知性の違いだと言われている。

春という季節は、
すべてを一度許すために巡ってくる。

53

HENRY
DAVID
THOREAU

一度小雨が降っただけで、草の緑は濃さを増す。同様に、よい思想が入ってくると、僕たちの展望も明るくなる。もし常にいまに生き、わずかに降りた露の影響さえ正直に表す草のように、この身に起こるあらゆる出来事をうまく活かすことができれば、僕たちは幸福になれることだろう。すでに春が来ているのに、僕たちはまだ冬をさまよっている。すがすがしい春の朝には、人間の罪はすべて許されるのだ。

生きづらくなるのは
現状に縛られてしまうからだ。

54

HENRY
DAVID
THOREAU

僕たちが物事にどんな外見を与えても、結局、真実ほどには役に立たない。永続するのは真実だけだ。ほとんどの場合、僕たちはいるべき場所におらず、間違った場所にいる。性質の軟弱さのために、自分の置かれた状況を決めつけ、それに自分をはめこんでしまう。そのために同時に二つの状況に身を置くことになり、抜け出すのが二倍難しくなるのだ。

貧しくても、楽しく自立して生きることは
いくらでもできる。

55

HENRY
DAVID
THOREAU

春になれば、養老院の戸口の前でも待ちかねたように雪は解ける。穏やかな心で生きていれば、宮殿で暮らすのと同じように、たとえ養老院でも満ち足りて、楽しい思いを抱きながら生きていけるだろう。町の貧しい人々は、ほかのどんな人より、自立した人生を歩んでいるように思える。おそらく、そうした人たちこそまさに偉大な人間で、何の疑念もなく神の恩寵を受け取れるのかもしれない。

富がなければ精神的に高いレベルで生きていられる。

56

HENRY DAVID THOREAU

貧しさによって活動範囲が制限され、たとえば本や新聞を買うことができなくなっても、最も意味のある、重要な経験しかできなくなるだけのことだ。いやおうなく、糖分とでんぷんを最も多く生み出す材料を扱うことになる。肉は骨に近いほど美味だというが、そういう生き方をすることになるのであり、くだらない人間にならずにすむ。生活水準が下がっても、精神的に高いレベルで生きていれば、何も失うものはない。余分な富で買えるのは、余分なものだけだ。魂にとって必要なものを買うのに、金銭は必要ない。

現実をそのまま受け入れる。
勝手なイメージを広げない。

57

Henry
David
Thoreau

僕は自分が最も強く、正当に興味をひかれるものを吟味し、決定し、その方向へ向かって進んでいくのが好きだ。秤《はかり》のさおにぶら下がって、目方を軽くしようとせず、状況を決めつけず、ありのままの状況を受け入れたい。僕がたどることのできる唯一の道を、どんな権力も僕を阻止することができない道を歩んでいきたい。頑丈な土台を築く前にアーチをかけ始めても、満足な結果は得られない。

どんな者にも朝は訪れる。
夜明けは、絶対に見捨てない。
夜明けをどんなときも信じなさい。

58

HENRY
DAVID
THOREAU

僕たちは、事務的な手助けによって目覚めるのではなく、どれほど深い眠りの間も僕たちを見捨てない夜明けをどこまでも待ち望む気持ちによって、ふたたび目覚め、覚醒し続けることを学ばねばならない。

美徳と言われる行為の多くはくだらない。
本当の徳を持っている人間はほかにいる。

59

Henry
David
Thoreau

優雅な暮らしぶり、立派な家や敷地、それに「歓待」も、僕にはなんの意味も持たない。王様を訪問したことがあるが、王様は僕を広間で待たせ、まるで人をもてなす能力のない人間のようにふるまった。うちの近所に、木の洞の中で暮らしている男がいる。彼のふるまいこそ、まさしく王者と呼ぶにふさわしい。彼を訪問していたら、ずっとよい時間を過ごせただろう。

僕たちはいつまで玄関先に座って、たちまちおかど違いとわかるような、くだらない、かびが生えたような美徳を実践するつもりなのか。

自分の良心を取り戻せ。
そして、自分の良心に基づいて
行動したまえ。

60

Henry
David
Thoreau

僕が引き受ける権利を持つ唯一の義務とは、どんなときも、自分が正しいと思うことをすることである。団体には良心がないというのは、たしかにその通りだと思うが、良心的な人間の団体ならば、良心をもっているはずだ。法律によって人間がほんの少しでも正しい行動をしたためしはなく、それどころか法律を尊重するあまり、善良な人でさえ日常的に不正を働くようになってしまった。法律を尊重するあまり生じる当然の結果で、よく目にするものといえば、大佐、大尉、伍長、兵卒、弾薬運びの少年らからなる兵隊の縦列が、整然と丘や谷を越え、戦場へと行進していくさまだ。

共同体や組織から身を引いて
超然とするのだ。

61

HENRY
DAVID
THOREAU

僕が税金の支払いを拒むのは、納税請求書のある特定の項目のためではない。ただ国家に忠誠を尽くすことを拒否し、手際よく身を引いて、超然としていたいのだ。僕が払った税金が、人を買ったり、人を撃つためのマスケット銃を買ったりするところまでは、たとえ可能だとしても、追跡したいとは思わない。金に罪はないのだ。しかし、僕の忠誠心がどんな結果を招くかは見届けたいと思う。

弱者や少数派を守れない政府は、
もはや政府とは呼べない。

62

HENRY
DAVID
THOREAU

たとえばこの国に、寛大な心から私財を投じて、逃げこんできた逃亡奴隷をすべて救い、黒人の同胞を保護し、それ以外の仕事は政府に任せるという協会があればどうなるだろう。政府はたちまち仕事を失い、世界中から軽蔑されるのではないだろうか。もし民間人が政府の仕事を行い、弱者を保護し、正義を行う義務を担ったとしたら、政府は卑しい仕事やどうでもいい仕事を行うための、ただの雇われ人か事務員になり下がるだろう。

退屈するのはその中に野性がないからだ。

63

HENRY
DAVID
THOREAU

文学の中で、人の心を惹きつけるのは、野性的なものだけである。つまらなさとは、飼いならされていることの別名だ。『ハムレット』や『イリアス』、その他のあらゆる聖典や神話で僕たちが楽しめるのは、洗練されていない自由奔放な思考であり、それは学校では学べないものなのだ。飼いならされたアヒルより野性のカモのほうが敏捷《びんしょう》で美しいように、露の降りしく中、沼地の上を飛んでいくマガモのように野性的な思考は、いかにも敏捷で美しい。真の良書には、西部の大草原や東部の原始林でふいに見つけた野性の花のように自然で、思いもよらぬ、言葉にできない美しさと完璧さが備わっている。

他人と同じように飼いならされる理由はどこを探してもない。

64

Henry
David
Thoreau

人間にも、社会の従順な一員になる前に、若気の放蕩をつくすだけの荒々しさがあることを、僕は喜ばしく思っている。当然ながら、すべての人間が、文明化した社会に等しく適しているわけではない。そして、大多数の人間が、親から受け継いだ気質のために、犬や羊のように飼いならされているからといって、残りの人間もその本性まで飼いならされて、無理やり大多数の人間と同じレベルまでおとしめられなければならない理由はないのだ。

人間のすべてを耕してはいけない。
森を残しておけ。

65

Henry
David
Thoreau

すべての人間、そして、人間のすべての部分が文化的に洗練されるのは望ましくないし、世界中の大地がすべて耕作されるのも望ましくない。一部分は耕作されてもよいが、大部分は牧草地や森のままがいい。いますぐ役に立つわけではないが、森が養っている植物は年ごとに朽ちて、遠い将来に備えて腐植土をつくるのだ。

自由をもっと求めよ。
本物の知識は自由になるためにある。

66

Henry
David
Thoreau

自由に生きよ、霧の子よ。知識に関しては、僕たちはみな霧の子なのだ。自由に生きる者は、立法者との関係からいって、あらゆる法則にまさっている。ヴィシュヌの聖典にも、「能動的義務なら、われわれを束縛しないはずであり、真の知識とは、われわれを解放するものだ。それ以外の義務はすべて、われわれを疲れさせるためだけにあり、それ以外の知識はすべて、職人を器用にするためだけにある」と書かれている。

どうして単に狡猾というだけで
賢人と呼べるのか。

67

HENRY
DAVID
THOREAU

「賢人」という敬称は、ほとんどの場合、間違った使われ方をしている。いかに生きるべきかについて何もわかっていないのに、単に狡猾で頭が切れるというだけで、どうしてその人を賢人と呼べるだろう。

自由になれるのに、
自由にならないのはなぜなのか。
奴隷になるために自由はあるのではない。

68

HENRY
DAVID
THOREAU

この国――アメリカを自由の国と呼んでいいのか。英国のジョージ王からは自由になったが、自由の身に生まれていながら、自由に生きていないのはどういうことだ。道徳的自由を獲得するための手段としてでないなら、政治的自由に何の価値があるだろう。僕たちが誇りにしている自由とは、奴隷になるための自由なのか、それとも自由になるための自由なのか。

手段や道具は、
真理を追究するためのものなのに、
手段や道具ばかりに夢中になる社会が
できあがってしまった。

69

Henry
David
Thoreau

真の文化と人間らしさに関していえば、僕たちアメリカ国民は、本質的には都会人ではなく、いまだに田舎者、ただのジョナサン（訳注：一般的なアメリカ人を指す名前）なのだ。どうして田舎者かというと、自分たちの基準を自国に見つけられないからだ。真実ではなく真実の影を崇拝しているからだ。貿易、商業、製造業、農業といった、単なる手段であって目的ではないものにしか身を捧げず、そのことによって心がゆがみ、偏狭になっているからだ。

宇宙の法則を見つけそれに従って生きたい。
賢く生きるとはそういうことなのだ。

70

HENRY
DAVID
THOREAU

哲学者が過去、さらには現在よりも未来についてよく知っているからと言って、非難するには当たらない。未来は過去や現在より、知っておく価値はあるからだ。煮えたぎっている鍋、すなわち英国の現状という問題に重点を置かず、これから何が起こるか、言いかえれば外観の下に何があるかを予言し、教えてくれるだろう。とりわけ、哲学者の物事に対する概念は、それ以外の人の概念より真実に近く、その哲学には人生のあらゆる状況が盛りこまれている。哲学者のように生きるということは、それ以外の者のように愚かに生きるのではなく、宇宙の法則に従って、賢明に生きるということなのだ。

心を豊かにする働き方

III

HENRY
DAVID
THOREAU

生活費を稼ぐために、起きている時間のほとんどを労働に費やすのは、明らかに失敗だ。

71

Henry David Thoreau

ほとんどの人がしているように、午前も午後も自分の時間を社会に売り渡してしまったら、僕にとって人生は、生きる価値のないものになってしまう。だから僕は、目先の利益のために生得権を売り渡すようなまねは絶対にしない。言わせてもらえば、とびきりの働き者でも、時間を有効に使っているとは言えない人がいる。人生の大半を、生活費を稼ぐためだけに使う人ほど、救いがたいうっかり者はいない。

機械のように働かない。
人間らしく生きるために。

72

HENRY
DAVID
THOREAU

大部分の人は、この比較的自由な国に暮らしながら、単に無知と思い違いのために、根拠のない心配ごとや、しなくていい過酷な労働に忙殺され、人生の最高の果実をその手で摘みとることができずにいる。働きすぎて指が言うことを聞かなくなり、ぶるぶる震えて果実をもぎとれないのだ。実際、労働者には、日々真に誠実に生きるために必要な余暇もなければ、人々と最も人間らしい関係を維持する余裕もない。そんなことをしていたら、労働対価が下がってしまうので、ただ機械のように働き続けるしかないのだ。

無知だという自覚を持つ。
細心の注意を払って。

73

HENRY
DAVID
THOREAU

常に知識を駆使しなければならない人間が、どうして自分が無知だという自覚——人として成長するために必要なものなのだが——を持てるだろう。僕たちはそのような人を批判する前に、ときおり食事や衣服を与え、リキュール酒でも飲ませて元気づけてやるべきだ。人間の最もすぐれた資質は、実のなる木に咲く花のように、細心の注意を払って扱わないと保ち続けることはできない。だが、僕たちは自分も他人も、なかなかそこまで優しく扱うことはない。

頂点を目指すうちに、
自分が自分を奴隷にする
奴隷監督になっていく。

74

HENRY
DAVID
THOREAU

しかし、最も許せないのは、自分を奴隷のようにこき使う人間である。人間には神性が宿っているなどと、よく言えたものだ。

「世間の評判」の奴隷になってしまう人間が
なんと多いことか。

75

HENRY
DAVID
THOREAU

御者《ぎょしゃ》は「世間の評判」という主人に仕え、馬車を駆っているだけではないか。どこが神々しく、不滅の存在だというのか。身をすくめ、一日中おどおどと何かを恐れている様子を見るがいい。神々しくもなければ不滅の存在でもない。自分で下す自分への評価と、自分の行いによって得た評判の奴隷であり、囚人である。

娯楽を楽しむ。そのために仕事をする。

76

HENRY DAVID THOREAU

多くの人は、静かな絶望を感じつつ人生を送る。絶望が常態化したものを、あきらめと呼ぶ。多くの人がおちいっていながら、自覚していない絶望は、俗に競技や遊戯と呼ばれるものの中にさえひそんでいる。だから、そうしたものの中に娯楽の要素はない。なぜなら、娯楽は仕事をやりとげてこそ味わえるものだからだ。

新しいことをするのには
古い服を着てやってみるべきだ。

77

HENRY
DAVID
THOREAU

新しい仕事を始めるなら、古い服を着てやってみるべきだ。人が追求するのは、何をするか、あるいはどんな人間になるかであって、それをするための道具ではない。古い服がどれほど汚れてぼろぼろになろうと、事業を企画し、取りかかり、実際に進めてみたのち、新しい人間が古い服を着ているような気がして、まるで古い袋に新しい酒を入れているようだと思うようになるまで、新しい服はあつらえるべきではない。

なぜ貧しいのか。
それは、家という常識に
からめとられているからだ。

78

HENRY
DAVID
THOREAU

空を飛ぶ鳥は巣を持ち、キツネは巣穴を持ち、未開人はウィグワムという小屋を持っているというのに、現代の文明社会において、自分の家を持っている家族は半分にも満たない。とくに文明化が進んだ大きな町や大都会では、自分の家を持っている家族は、ほんの一握りにすぎない。残りの家族は、夏も冬も欠かせないこの一番外側の衣装のために、インディアンのウィグワムなら村一つ分借りられそうな賃料を毎年払い続け、そのために一生貧乏生活から抜け出せないでいる。

一年に六週間ほど働けば、
生活費はすべてまかなえる。

79

HENRY
DAVID
THOREAU

　こうして、五年以上にわたり手仕事による労働だけで自活した結果、一年に六週間も働けば、生活費はすべてまかなえることがわかった。それで、冬の間すべてと夏の大半を、僕は仕事から解放され、研究に没頭することができた。学校経営に全力で取り組んだこともあったが、支出が収入に釣り合わないことが多かった。というのも、考え方や信条までとは言わないまでも、それ相応に身なりを整えなければならなかったからで、おまけに自分の時間もなくなってしまった。同胞のためではなく、ただ生計のために教育に取り組んだのが間違いだった。商売を始めたこともあったが、軌道に乗るのに十年かかるとわかった。そんなことをしていたら、落ちぶれる一方だ。

額に汗して働く必要など、
実はどこにもない。

80

HENRY
DAVID
THOREAU

僕は信念と経験から、簡素で賢明な生き方をする気になれば、この世界で生活を維持していくことは苦しみではなく、遊びであり、楽しみになると確信している。ちょうど、簡素な生き方をする民族にとっての仕事が、より人為的に生きる民族にとってのスポーツみたいなものであるように。人は額に汗して生活費を稼ぐ必要はない。僕より汗かきでなければだが。

協力者を求めるなら、まず信念を持て。
そして、ともに生きる人を探せ。

81

HENRY
DAVID
THOREAU

一般的に人と協力できそうなことはあるにはあるが、それもきわめて部分的でうわべだけのものであり、実際のところ、真の意味での協力など、人間の耳に聞こえない和音のようなもので、ないに等しい。信念のある人なら、どこへ行こうと同じように信念のある人と協力しあうだろうが、信念のない人は、どのような仲間とつきあっても、常にまわりの人と同じ生き方しかできないだろう。協力するとは、最もよい意味でも悪い意味でも、ともに生きることなのだ。

自分の才能に合った仕事を選びなさい。

82

HENRY
DAVID
THOREAU

何ごともそうであるように、慈善にも才能が必要だ。善行など、それだけで一つの立派な専門的職業である。さらに、僕自身かなり熱心に試みた結果、善行は自分の体質に合わないという確信に至った。おそらく僕は、宇宙を破滅から救うために、社会から要求される善行を施せという特別な使命を、故意に放棄すべきではないのだろう。この考えに似てはいるが、はるかに偉大で不動の精神がどこかに存在し、そのおかげでいまも宇宙が存続しているのだと僕は信じている。しかし、人が才能を発揮するのを邪魔するつもりはない。僕が辞退した慈善という仕事に全身全霊で打ちこむ人には、たとえ世間が悪く言おうと——いかにも言いそうだ——「やり通しなさい」と伝えたい。

仕事のために目覚めた一日からは、
得るものは多くない。
朝、自分の人生を始めるために起きる。

83

HENRY
DAVID
THOREAU

朝は一日のうちで最も記憶に残る時間帯であり、覚醒している時間だ。眠気もほとんどない。昼も夜もまどろんでいるような体の部分さえ、少なくとも朝の一時間ほどは目を覚ましている。もし内なる守護霊《ゲニウス》にではなく、召使いに事務的に肩をゆすぶられて目覚めるなら、あるいは工場のサイレンの音の代わりに、天上の音楽や大気に満ちる芳香に包まれ、新たに獲得した力と内面からこみ上げる大望によって、眠りについたときより、さらにレベルの高い生活に向かって目覚めるのでなければ、その一日に――それを一日と呼べるとすればだが――ほとんど何も期待することはできない。

人生にとって本当に必要な仕事など
何もない。
人生を無駄にしながら生きてはならない。

84

HENRY
DAVID
THOREAU

僕たちはなぜこんなにもせわしなく、人生を無駄にしながら生きていかねばならないのか。まるで腹も減らぬうちから、餓死する覚悟を決めているようだ。「今日の一針、明日の十針」と言いながら、明日の九針を省くために今日千針も縫っている。仕事と言っても、重要なものなど何もないのに。

自分が真理に近づける仕事を選びなさい。

85

HENRY
DAVID
THOREAU

自分の仕事をもう少し考慮して選ぶなら、人間はみな、本質的には研究者か観察者になるはずだ。というのも、人間の性質や運命は、明らかに誰にとっても同じように興味深いものだからだ。自分自身や子孫のために財産を貯めこもうが、一家や国家を築き上げようが、さらには名声を得ようが、人間は必ず死ぬのだ。しかし、真実を相手にするとき、僕たちは不滅であり、変化や不慮の出来事を恐れる必要はなくなる。

しっかりした柱を見つけて釘を打ちこむ。
そんな仕事をすべき。

86

Henry
David
Thoreau

僕は、愚かにも薄い板やしっくいに釘を打ちこむような人間にはなりたくない。そんなことをしたら、夜中に何度も目が覚めてしまう。金づちを持って、しっかりした柱を探そう。パテなど当てにしてはいけない。釘をしっかり打ちこみ、釘の先を丁寧につぶしておくのだ。そうすれば夜中に目が覚めても、自分の仕事を満足げに思い出せるだろう。

自分が糾弾している悪に
手を貸していないか、じゅうぶん警戒する。

87

Henry
David
Thoreau

あなたの生命を摩擦として使い、その機械を止めるのだ。いずれにせよ、僕がすべきことは、自分が糾弾している悪に手を貸していないか、じゅうぶん警戒することである。

似ているけれど
別々につくられている僕たち。
仕事も、その特性を活かしてすることを
考えるべきだ。

88

HENRY
DAVID
THOREAU

人間はほぼ似かよってはいるが、それでも多様な人生を歩むために、それぞれ違いを持たせてある。程度の低い仕事なら、誰がやってもほとんど違いはないだろうが、程度の高い仕事の場合は、個人の能力を考慮しなければならない。

森を切り倒す対象として見ない。
相場師の目を疑う。

89

HENRY
DAVID
THOREAU

森を愛するがゆえに、来る日も来る日も半日を森の中を歩いて過ごしていると、怠け者だとみなされかねない。ところが、一日中森の木を切り倒し、大地をさっさと丸坊主にしている相場師は、勤勉で意欲的な人間だと高く評価される。どうも町は、自分の森に対しては、切り倒す対象としてしか関心がないようだ。

投げこまれた石を投げ返す。
仕事の多くは、
実はこんな石の投げ合いである。

90

HENRY
DAVID
THOREAU

単に賃金を稼ぐためとはいえ、壁のむこうに石を投げ、つぎにその石をこちらへ投げ返すだけの仕事に雇ってやろうと言われたら、ほとんどの人は侮辱されたと感じるだろう。しかし、多くの人が、その程度の価値しかない仕事についているのが現状なのだ。

金のためだけに仕事をする者は、
欺かれているか、自分を欺いているかの
どちらかだ。

91

Henry
David
Thoreau

金を稼ぐ手段は、ほとんど例外なく人を堕落させる。金を稼ぐためだけに仕事をするのは、実に怠惰な、あるいはそれ以下の行為である。もし労働者が、雇い主から受け取る賃金しか得るものがないとしたら、それは欺かれているのであり、自分を欺いているのだ。文筆家か講演者で金を稼ごうと思えば、大衆に受けねばならず、そうなると、まっさかさまに堕落していくしかない。こうした仕事に対して、地域社会はよろこんで報酬を払うだろうが、引き受けるのはきわめて不愉快だ。人間以下の存在になることに対して、報酬が払われるのである。一般に、国家のほうが才能ある人に賢明なやり方で報いているかというと、これがまた、たいした違いはない。

仕事とは
何かをやりとげるためにするものだ。

92

HENRY
DAVID
THOREAU

労働者の目的は、生活費を稼ぐことや、「よい仕事」を得ることではなく、その仕事を首尾よくやりとげることでなくてはならない。さらに、金銭的な意味においても、労働者たちが、自分は単に生活のためという程度の低い目的ではなく、科学的、さらには道徳的な目的のために働いているのだと感じられるようにするほうが、実際は経済的なのである。金銭のために働く人間を雇うのではなく、好きだからその仕事をしたいという人間を雇うべきだ。

愚かな人間は、
自分をより高く買ってくれる人を
探し続ける人生を送る。

93

HENRY
DAVID
THOREAU

有能で役に立つ人間は、地域社会がじゅうぶんな報酬を払おうと払うまいと関係なく、自分の仕事をきちんとやりとげる。しかし、無能な人間は、一番高く買ってくれる人に自分の無能さを売りこみ、採用されるのをいつまでも待っている。

今日から、お金にならなくても本当の仕事を
始めよう。
今日生きるためだけの仕事をやめて。

94

HENRY
DAVID
THOREAU

ほとんどの人の生計を得る手段、すなわち生きていく術《すべ》は、単なる一時しのぎで、人生の真の仕事からの逃避にすぎない。それは主に、ほとんどの人がそれ以上のことを知らないからであるが、それ以上のことを知ろうとしないからでもある。

カリフォルニアのゴールドラッシュに対する態度は、人類にとってきわめて不名誉なものだ。あんなにも多くの人々が、社会に何ら価値ある貢献をすることなく、運に頼って生きようとし、自分より運の悪い人に労働を命じる手段を得ようとするとは！　おまけに、それが進取《しんしゅ》の気性ともてはやされるとは！　商売の不道徳性と、生計を得るためのありとあらゆる粗野な手段が、これほど驚くべき発達をした例を僕はほかに知らない。

どんな仕事をするのであれ、
生活に余白をたっぷり取っておきたい。

95

Henry
David
Thoreau

頭を使う仕事にせよ、手を使う仕事にせよ、どんな仕事のためであれ、いまこの瞬間という大切なときを犠牲にしたくないと、僕は幾度となく思ったものだ。生活に、余白をたっぷり取っておきたいのだ。夏の朝など、いつものように水浴びをすませると、ときには日の出から昼まで、マツやヒッコリーやウルシの木に囲まれ、乱されることのない孤独と静寂の中で、日当たりのいい戸口に座って空想にふけったものだ。鳥たちがさえずり、音も立てずに家の中をすり抜けていった。

雑草が茂っていることも
喜ぶべきではないだろうか。
くよくよするのはやめにしよう。

96

HENRY
DAVID
THOREAU

収穫に失敗など、あるはずがない。草の種は鳥たちのえさになるのだから、雑草が茂っていることも喜ぶべきではないだろうか。畑で採れる作物が農夫の納屋をいっぱいにするかどうかなど、たいした問題ではない。今年森にクリが実るかどうかをリスがまったく心配しないように、本物の農夫なら、くよくよするのはやめにして、日々の労働をきちんとやり終えるだろう。そして、畑の作物に対するあらゆる権利を放棄し、最初の実りだけでなく、最後の実りまでも、心の中で神に捧げるだろう。

硬くなった手のひらに触れられると
胸が高鳴る。

97

HENRY
DAVID
THOREAU

労働者の硬くなった手のひらは、怠け者のだらけた指よりも、自尊心と勇敢さをかもし出す精巧な組織につながっており、触れられると胸が高鳴る。経験によって日焼けもせず、皮膚も硬くならず、昼間から寝床の中で青白い顔で考えごとをしているのは、ただの感傷にすぎない。

森の中へ入り、仕事のことを忘れる。
深みにははまらない。

98

HENRY
DAVID
THOREAU

午後の散歩の間は、午前中の仕事のことや世間への義務は、できるだけ忘れるようにしている。ところが、なんらかの仕事のことが頭から離れず、うわの空で、正気を失ってしまうことがある。散歩をしている間は、正気を取り戻していたい。森の外のことばかり考えるのなら、いったいなんのために森へ行くというのだろう。たとえ世間で言うところの立派な仕事であっても、自分があまりに深くはまりこんでいるのに気づくと——ときにそういうことがあるのだ——何をやっているのだと、思わず身震いしてしまう。

持たない喜び

IV

HENRY
DAVID
THOREAU

人間は自分がつくった
道具の道具になってしまった。

99

HENRY
DAVID
THOREAU

人間は自分でつくった道具の道具になってしまった。腹が減ると勝手に木の実をもいで食べていた者がいまや農夫となり、木の下で雨宿りしていた者が家主となった。いまでは一夜を野外で過ごす者もなく、みな土の上に住みつき、天を忘れてしまった。

隣人が持っているからといって、
家を買う必要はない。

100

HENRY
DAVID
THOREAU

ほとんどの人は、家とは何かということを考えたこともないらしく、自分も隣人たちのような家を持たなくてはならないと思いこみ、一生しなくてもいい貧乏暮らしをしている。

詩はどこから生まれるか。
それは自分の手で
家を建てることからである。

101

HENRY
DAVID
THOREAU

鳥に自分の巣を自分でつくる適性が備わっているように、人間にも自分の家を建てる適性が備わっている。人間が自分の手で家を建て、自分と家族に必要なだけの食べものを実直に運んでくるなら、そんな暮らしをしている鳥たちがあまねくさえずっているように、人間にもあまねく詩的な才能が芽生えるのではなかろうか。

実際に存在する世界だけを
見つめればいま抱えている不安は
すぐになくなる。

102

HENRY
DAVID
THOREAU

虚偽と妄想が最も信頼できる真実として尊重される一方で、現実は架空のものとみなされている。人間が堅実に現実だけを観察し、決して思い違いをしないなら、人生は、みなが知っているものに例えると、おとぎ話やアラビアンナイトのようになるだろう。僕たちが、必然的で存在する権利を有するものだけを尊重するなら、街中に音楽と詩が鳴り響くことだろう。僕たちがあくせくせず、賢明に生きていれば、偉大で価値あるものだけが、永遠で絶対的な存在であり、ささいな不安やくだらない快楽は、現実の影にすぎないことに気づくはずだ。このことに気づくと、いつも爽快で崇高な気分でいられる。

あやふやな自由のために働くなら、
いますぐ詩人になろうではないか。

103

HENRY
DAVID
THOREAU

このように、人生で最も価値がなくなった時期にあてにならない自由を楽しむために、人生で最も価値ある時期を金儲けに費やす人を見ると、あるイギリス人のことを思い出す。彼はまずインドへ行ってひと財産つくり、それからイギリスへ戻って詩人になろうとした。最初から粗末な屋根裏部屋にこもり、詩を書いていればよかったのだ。

多くを持てば急所をしめつけることになる。

104

HENRY
DAVID
THOREAU

自分の持ちものが全部入った包みを背負い、よろめきながら歩く移民を見たことがある。その包みは、まるで首筋にできた大きなこぶのように見えた。僕はその男を憐れんだ。それだけしか持ちものがないからではなく、そんなにも大きな荷物を持ち運ばなければならないことに対してだ。もし僕が罠にかかり、それをひきずって歩かねばならないとしたら、それが軽いものになるよう、そして、急所をはさまないよう気をつけたい。

手段は進歩しても、
達成すべき目標は進歩していない。

105

HENRY
DAVID
THOREAU

「近代的発展」については、みな錯覚をしている。進歩とは常に肯定的なもののばかりとはかぎらない。阿漕《あこぎ》な人間は、初期の出資とその後行った数多くの投資に対し、利子を複利でしぼり取れるだけ取ろうとする。現代の発明品はきれいな玩具みたいなものだ。それに注意を奪われていると、つい重大な問題を忘れてしまう。手段は進歩しても、達成すべき目的はまったく進歩していない。

資産は必ずしも人生を
楽しいものにしてくれるわけではない。

106

HENRY
DAVID
THOREAU

ある夜、ウォールデン街道で、二頭の牛を市場へ連れていく途中の一人の村人に追いついた。この男はいわゆる「相当な資産」を築いたらしいが、僕はこの目でしかとたしかめたわけではない。すると男は僕に、どうして人生の楽しみの多くを捨てる気になったのかと尋ねた。「僕だって、そこそこ人生を楽しんでいますよ」と僕は答えた。これは冗談でもなんでもない。その証拠に、僕はさっさと家に帰って眠りについたが、その男は暗闇の中、泥道を朝までかかってブライトン——つまり、明るい町《ブライト・タウン》——までとぼとぼ歩いていったのだ。

働くだけ損である。
なぜなら、あなたは人生に満足できず、
そのうえ人生を無駄使いしているのだから。

107

HENRY
DAVID
THOREAU

僕はしっかりした、明るい清潔な家に住んでいるが、それを建てるのにかかった費用は、あなたの家のようなあばら家の、一年分の家賃とほとんど変わらない。あなたもその気になれば、一、二カ月で自分の城を建てられる。僕はお茶もコーヒーも、バターもミルクも、新鮮な肉も口にしないので、こういうものを買うために働く必要がない。それで、あまり働かないのでたくさん食べる必要がなく、食費もほんの少しだけ。しかし、あなたはお茶やコーヒー、バター、ミルク、牛肉を食すので、そのためにせっせと働かねばならない。体力の消耗を補うために、たくさん食べなければならなくなる。だったら、結局は働いても働かなくても同じことではないか。

茶やコーヒーが自由に飲めるからといって、
得をしているわけではない。

108

HENRY
DAVID
THOREAU

あなたは毎日お茶やコーヒーや肉が手に入るのは、アメリカへ来たおかげだと考えている。しかし、唯一の真のアメリカとは、そんなものなしでもやっていける生活様式を追求する自由を認める国であり、そういうものを口にすることによって、直接間接に生じる奴隷制度や戦争や、その他の余分な支出が続くことを強制しない国なのだ。

簡素な生活をする気になれば、
もっと楽しい生活が始まる。

109

HENRY
DAVID
THOREAU

精を出して開墾作業をするから、ぶあつい長靴や丈夫な衣服が必要になるが、その新しい服もまたすぐ泥まみれになり、すり切れてしまう。しかし、僕は軽い靴をはき、薄い衣服を身につけている。あなたは僕が紳士のような身なりをしている（実はそんなことはないのだ）と思っているかもしれないが、費用は半分もかかっていない。そして、その気になって一、二時間も釣りをしたら――しかも仕事ではなく気晴らしとして――二日分の食事になる魚を釣ることができるし、一週間分の生活費を稼ぐことだってできる。あなたと家族が簡素な生活をする気になれば、夏には娯楽気分で、コケモモ採りに出かけられるだろう。

所有はするな。
生計を立てることを商売とせず、
それを遊びとせよ。

110

Henry
David
Thoreau

雷は鳴るにまかせよ。たとえ農夫の作物に災いをもたらそうとも、あなたには関係ない。農夫たちが荷車や納屋に逃げこむなら、あなたは雲の下に宿りをせよ。商売で生計を立てるのではなく、気晴らしとせよ。土地を享受せよ、しかし所有はするな。冒険心と信念の欠如のために、人はなんの進歩もなく、ものを売り買いしながら、農奴のように一生を過ごすのだ。

食べものを味わう。大食家にはならずに。

111

Henry
David
Thoreau

誰しも、食欲とは関係なく取った食物から、ときとして言葉で表せないほどの満足を得たことがあるはずだ。僕の場合、味覚という一般に下等な感覚とされているもののおかげで精神的知覚を得たこと、嗜好を通してインスピレーションを得たこと、丘の中腹で食べた野イチゴが僕の才能を育んだことを思い、喜びがこみ上げてきたことがあった。「心ここに在らざれば、視れども見えず、聴けども聞こえず、食らえどもその味を知らず」（訳注『大学』第三章）と曾子《そうし》も言っている。自分が食したものの本当の風味が識別できる人は、決して大食家にはならない。

家を持たず、
また食べすぎることもなければ、
働く必要もない。

112

HENRY
DAVID
THOREAU

なぜ人は、それほどまでに思いわずらうのだろう。食べなければ働く必要もない。また、犬の吠え声がうるさくて、ろくに考えごともできない家に、住みたいと思う人がいるだろうか。それに、めんどうな家事もある。この太陽がさんさんと降りそそぐ晴れた日に、いまいましいドアの取っ手をピカピカに磨いたり、風呂おけをゴシゴシ洗ったりしなければならないとは！　それなら家なんて持たないほうがましだ。そう、木の洞《ほら》にでも住めばいい。そうすれば、朝の挨拶も夜の夕食会も、キツツキが戸を叩くだけだ。村人たちは生まれながらにどっぷり生活に浸かってしまっていて、僕にはついていけない。僕には泉から汲んできた水と、棚に黒パンが一つあればいい。

金持ちになったら徳を失う。失わないためには、貧しかった頃に計画したことを実行することだ。

113

HENRY
DAVID
THOREAU

金持ちは常に、自分が金持ちになれる制度に身を売っている。断言するが、お金が増えれば増えるほど、徳は少なくなる。なぜかというと、金を手に入れることは、明らかに偉大な善行とは言えないからだ。金があれば、金がなかったならなんとかしなければならない多くの問題が解消する。しかし、新たに生じる問題と言えば、それをどう使うかという難しいがどうでもいい問題だけだ。こうして、金持ちの道徳的な基盤は足元から崩れていく。本当の意味での生きる機会は、いわゆる「財力」が増すにつれて減少していく。経済的に豊かなとき、向上するためにできる最善のことは、貧しかったときに心に抱いていた計画を実行に移す努力をすることだ。

労働は楽しみである。
もし欲望がふくれあがらなければ。

114

Henry
David
Thoreau

おそらく僕は、人並みはずれて自分の自由というものを尊重し、用心深くなっているのだと思う。いまも社会とのつながりや社会への義務などは、きわめてささいで一時的なものだと思っている。僕の生計を支え、多少なりとも同時代の人の役に立っているわずかばかりの労働は、いまのところ僕にとって一つの楽しみであり、必要に迫られてやるものだとはまず思わない。これまで僕はうまく生きてきたと思う。しかし、もし僕の欲望がふくれあがったら、それを満たすための労働は、ただの骨折り仕事になってしまうだろう。

くじ引きで大金を引き当てるような
社会から遠ざかる。

115

HENRY
DAVID
THOREAU

ゴールドラッシュになると、神は一握りの小銭をばらまいて、人間どもがそれを奪い合う様子を見物する金持ちの紳士にされてしまう。この世界が富くじであるとは！　自然界に存在する物質がくじの賞品になるとは！　わが国の制度に対するなんという批判、なんという風刺だろう！　その結果、人類は首をつることになるのだ。

年長者だからといって、
その意見をうのみにしてはならない。

116

HENRY
DAVID
THOREAU

僕は年長者から価値ある助言、あるいは真剣な助言さえ、一度ももらったことがない。年長者は、有益なことは何も教えてくれなかった。おそらく何も教えられないのだろう。目の前に広がる人生は実験であり、僕はまだほとんど何も試みていない。年長者が試みたことは、僕にはなんの役にも立たない。もし僕が価値ある体験をしたと思うことがあったなら、先達たちはこのことについて何も教えてくれなかったと、きっと思うことだろう。

金メッキは、ひと粒の知恵にはおよぶまい。

117

HENRY
DAVID
THOREAU

神は正しい人に、食べものと衣服を与える証明書を出されたが、神の金庫の中にその写しを見つけた邪《よこしま》な人間がそれを自分のものにし、正しい人と同じように食べものと衣服を手に入れた。これは世界が始まって以来、最も大規模な偽造システムの一つだ。人類が金塊不足に苦しんでいるとは知らなかった。僕も金はほんの少しなら見たことがある。金は柔軟性に富んでいて、かなり打ち延ばすことができるが、人間の才知ほどではない。ひと粒の金があれば広い表面を金メッキすることができるとはいっても、ひと粒の知恵にはおよぶまい。

自然の教え

V

HENRY
DAVID
THOREAU

湖は人生よりはるかに美しく、
人間性よりはるかに透明である。

118

HENRY
DAVID
THOREAU

ホワイト湖とウォールデン湖は、地上の大きな水晶、「光の湖」である。二つの湖が永久に凝固して、手でつかめるほど小さかったら、高価な宝石のように奴隷の手で持ち去られ、皇帝の冠を飾っていただろう。だが、これらは液体で、巨大であり、市場価値を持つには純粋すぎ、この世の穢《けが》れとは無縁だ。人生よりはるかに美しく、人間性よりはるかに透明である。汚れはみじんも含んでいない。自然の中に住んでいても、その価値のわかる者はいない。翼をもち、さえずる鳥たちは花と心を通わせるが、若者や娘たちの中に、野性の豊かな自然の美と協調して暮らしていこうという者はいない。若者たちの住む町から遠く離れた地で、自然はひっそりと繁栄しているのだ。

自然の中で暮らせるというのは
利益なのである。
その利益は万人にひらかれている。

119

HENRY
DAVID
THOREAU

原始時代の人間の暮らしは、簡素で余分なものを一切持たなかったために、少なくとも自然の中の間借り人という利点だけは有していた。食事と睡眠で元気を取り戻すと、人はふたたびつぎの旅へと思いをはせた。言うなれば、広大な自然の中に野宿していたわけで、谷間を駆けめぐり、平原をつっ走り、山々の頂に登っていたのだ。

閉じこもるための家や部屋はいらない。
閉じこもりたければ、野生の鳥がいる
自然の中にいればいい。

120

HENRY
DAVID
THOREAU

古代インドの叙事詩『ハリヴァンサ』に、「鳥のいない家は、味つけをしていない肉のようだ」という言葉があるが、僕の住みかはそうではなかった。というのも、知らないうちに鳥たちの隣人になっていたからだ。それも、鳥をかごに閉じこめるのではなく、僕が鳥たちのそばで、かごの中に入っていた。よく庭や果樹園で目にする鳥ばかりでなく、モリツグミ、ヴィーリチャイロツグミ、アカフウキンチョウ、ヒメスズメモドキ、ヨタカなど、より野性味にあふれ、より魅惑的な声で鳴く、めったに村人の前ではさえずらない森の歌い手たちも間近に見ることができた。

宇宙はこの地球上にもたくさんある。
僕はそんな宇宙の片隅で暮らしていた。

121

HENRY
DAVID
THOREAU

世にも珍しく、愉快な場所は、世の喧騒から遠く離れた、宇宙の彼方の神々しい片隅にあると想像しがちだ。だが、僕は自分の家こそが、そのような人目につかない、それでいて永遠に新しく、穢れを知らない宇宙の一部であることに気づいた。もしプレイアデス星団やヒアデス星団、アルデバランやアルタイルの星々の近くに居を構えることに価値があるなら、僕はまさしくそうした場所にいた。すなわち、僕が置き去りにしてきた生活からは、星々と同じくらい遠く離れており、一番近い隣人の目にさえ、月のない暗い夜だけ、かすかに瞬《またた》く小さな光としてしか見えなかった。僕はそんな宇宙の片隅で暮らしていた。

朝、早起きして池で水浴びをする。

122

HENRY
DAVID
THOREAU

朝の訪れはいつも、僕の人生を自然そのものと同じくらい簡素で、さらに言えば無垢なものにするための、快活な招待状だった。僕はギリシア人と同様に、ずっと暁《あかつき》の女神の敬虔な崇拝者だった。早起きして池で水浴びをする——これは宗教的儀式であり、僕の行いの中で最も善きことの一つだった。

朝を大切にしなさい。朝は活力をくれる。

123

Henry
David
Thoreau

新しい一日の、自分がこれまで汚してきた朝より早い時間には、より神聖な夜明けが存在することを信じない人間は、人生に絶望しているのであり、どんどん堕落し暗くなる一方の道を歩んでいるのだ。日中の感覚的な生活は夜になるといったん休止し、人間の魂、というよりその諸器官は朝が来るとふたたび活力を取り戻す。そして、内なる守護霊《ゲニウス》は、また新しく高潔な生活を営もうと努力を始める。

心の中にいつも夜明けを持つ。
常に朝の気持ちでいる。

124

HENRY
DAVID
THOREAU

太陽とともに、しなやかで活力にあふれた考えを進める人にとって、一日はずっと朝なのだ。時計が何時を指そうが、人々が何をし、仕事を始めたり終えたりしようが関係ない。僕が覚醒している間はずっと朝であり、夜明けは僕の内にある。

森は、人生と向き合える場所なのだ。

125

HENRY
DAVID
THOREAU

僕が森へ行ったのは、丹念に生きたかったからだ。生活の本質的な事実のみと向き合って、生活が教えてくれるものを自分が学べるかどうかをたしかめたいと思ったからだ。さらに、死ぬときになって、自分は生きていなかったと気づきたくなかったからだ。人生とは言えないものを生きたくはなかった。生きるということはこんなにも大切なことなのだから。また、やむにやまれぬ場合でないかぎり、あきらめたくはなかった。

軌道はすでに敷かれているのだ。
それならば、一生を思索に
費やそうではないか。

126

HENRY
DAVID
THOREAU

僕たちが急いで行こうと、ゆっくり行こうと、軌道はすでに敷かれているのだ。それならば、一生を思索に費やそうではないか。詩人も芸術家も、まだそれほど美しく高貴な構想を持つに至っていないが、少なくともその子孫の何人かは、それを完成させるだろう。

自然と同じように生きよう。
それは、とても豊かな時間を
もたらしてくれる。

127

HENRY
DAVID
THOREAU

一日を、自然と同じくらい悠々と過ごそうではないか。クルミの殻や蚊の羽がレールに落ちるたび、軌道からはずれてはいけない。朝は早く起きて、朝食は控えるか、あるいは心穏やかに静かに食べよう。そして、客が来るのも帰るのも好きにさせ、鐘が鳴るなら鳴るにまかせ、子供が泣けばそれもよし――そんな一日を送ると心を決めるのだ。

死ぬときには、体の鳴る音を聞こう。
生きているのであれば、
なすべき仕事に取りかかろう。

128

HENRY
DAVID
THOREAU

生きるにせよ死ぬにせよ、現実だけを求めるべきだ。もし本当に死にかかったときは、のどがゼイゼイと鳴る音を聞き、手足が冷たくなるのを感じよう。生きているのであれば、なすべき仕事に取りかかろう。

自然にまかせた平穏な一日を過ごす。

129

HENRY
DAVID
THOREAU

僕の毎日は、一時間ごとに切り刻まれることもなければ、時計のチクタクという音に悩まされることもなく過ぎていった。というのも、僕はプリ・インディアンのように生きていたからだ。彼らは「昨日、今日、明日を同じ単語で表し、昨日に対しては後ろを、明日に対しては前を、今日に対しては真上を指差すことによって、意味の違いを表現する」と言われている。人は自分なりの動機を、自分自身の中に見つけなければならないというが、まったくその通りだ。自然にまかせた一日は平穏そのもので、怠惰な生き方をとがめたりはしないだろう。

人間が生み出す音を遠ざけよ。
そうすれば、自然なメロディーが耳に届く。

130

HENRY
DAVID
THOREAU

日曜には、風向きしだいでは、ときおりリンカーン、アクトン、ベッドフォード、コンコードの教会の鐘の音が聞こえてきた。それは荒野を流れるのにふさわしい、かすかな、心地よい、まさに自然そのもののメロディーだった。森からかなり離れた場所で聞くと、まるで地平線のマツの葉がハープの弦で、それをかき鳴らしているかのように、震えをおびた響きとなって耳に届く。遠く離れた場所で聞くと、あらゆる音がこれと同じ、宇宙の竪琴をかき鳴らすような効果を生む。

牛の鳴き声さえも歌のように、
やがて聞こえてくる。

131

HENRY
DAVID
THOREAU

夕方になると、森の向こうの地平線にいる牛たちの、まるで歌うような遠い鳴き声が、耳に心地よく聞こえてくる。最初僕は、ときどきセレナーデを歌って聞かせてくれる吟遊詩人《ミンストレル》が、山や谷をさまよっているのかと思った。だが、まもなくその声が長く延びると、牛の安っぽい、自然の音楽だとわかってがっかりしたが、不愉快ではなかった。若者の歌声は牛の鳴き声によく似ていて、どちらも結局は、自然が発する音楽であることに、はっきりと気づいたのだ。

たとえ雨が降り続いて、
ジャガイモが駄目になったりしても、
高地の草には恵みの雨。
僕にとっても恵みだろう。

132

HENRY
DAVID
THOREAU

しとしと降る雨は、僕の畑の豆をうるおし、一日中僕を家に閉じこめるが、僕にとってはわびしくて憂うつなものではなく、ありがたいものだ。畑を耕すことはできなくても、雨にはそれ以上の価値がある。たとえ雨が降り続いて、種が土の中で腐ったり、低地のジャガイモが駄目になったりしても、高地の草には恵みの雨だ。草にとってありがたいものなら、僕にとってもそうだろう。ときどき、人と比べてみると、僕は自分で当然だと思えるよりずっと多く、神の恩恵を受けているような気がする。

雨の音と交流する。
やさしくて慈悲にあふれた交流を。

133

HENRY
DAVID
THOREAU

雨がしとしと降り続いていたのだが、突然僕は自然との間に、雨が屋根を打つ音や家のまわりのあらゆる音や光景との間に、やさしくて慈悲にあふれた交流を感じた。すると、たちまちのうちに、言葉では説明できない、あふれるような親しみが大気のように僕を包み、隣人がいたほうがいいのではないかという考えがくだらなく思えてきた。

嵐の日にこそ心が慰められる。
思想の根が張り、大きくふくらんでいく。

134

HENRY
DAVID
THOREAU

何より心地よいのは、春か秋に激しい風雨が続き、午前も午後も家の中に閉じこめられているときだった。絶え間ない風のうなり声と、叩きつけるような雨の音を聞いていると、心が落ちついてきた。やがて、夕闇が早々と長い夜を招き入れると、さまざまな考えが僕の心に根を下ろし、大きくふくらんでいくのだった。

僕たちが住むこの地球も、
宇宙の中ではほんの小さな点にすぎない。

135

Henry
David
Thoreau

よく人から「ああいうところで暮らすのは、さぞおさびしいでしょう。とくに、雨や雪の降る日や夜は、もっと人里近くにいたいと思うのではないですか」などと言われる。すると僕は、こう返したくなる。「僕たちが住むこの地球も、宇宙の中ではほんの小さな点にすぎないのですよ」

神と天国に一番近い場所。
そこは、ウォールデンという湖のほとりだ。

136

HENRY
DAVID
THOREAU

一本の線さえ飾ろうとは夢にも思わない。
ウォールデン湖畔に住んでいれば、神にも天国にも、一番近いのだから。
僕は石ころだらけの岸辺、そして、湖面を吹きわたるそよ風。
僕の手のひらのくぼみには、湖の水と砂がある。
その一番奥深い憩いの地は、僕の思考を超えた高みにある。

人間も動物も湖を愛する気持ちは
変わらない。

137

HENRY
DAVID
THOREAU

秋になると、カモが巧みにジグザグに泳いだり急に方向転換したりしながら、狩猟家から距離をとり、湖の中央にい続けるのを何時間も見ていた。こうした技巧は、ルイジアナのよどんだ入江ではあまり必要ないだろう。どうしても飛び立たなくてはいけなくなると、ほかの湖や川を楽に見渡せるようにかなりの高度まで上がり、空で黒い点のようになって、湖の上空をぐるぐる旋回している。とっくにどこかへ飛び去ったのだろうと思っていると、五〇〇メートルほども上空から斜めに降下してきて、遠くの安全な場所に舞い降りるのだった。しかし、カモにとってウォールデン湖の真ん中を泳ぐことに、安全以外にどんなメリットがあるのか、僕にはわからない。ただ、僕と同じ理由で、この湖の水を愛しているということだけは確信している。

薪は、二度も体を暖めてくれる。
これほど効率のいい燃料はほかにない。

138

HENRY
DAVID
THOREAU

誰でも、自分の薪《たきぎ》の山を見るときは、愛着の念がわくものだ。僕は窓の前に薪を積んでおくのが好きだった。薪の山が大きければ大きいほど、仕事を愉快に思い出すことができた。家には誰のものともわからない古い斧が一つあり、冬の日など、ときには日当たりのいい場所で、豆畑から掘り出してきた切り株を相手にその斧をふるったものだ。僕が畑を耕しているときに御者が予言したとおり、切り株は、割っているときと、暖炉で燃やしたときの二度、僕を暖めてくれた。これほど効率のいい燃料はほかにない。

冬の夜、湖はうめき声をあげる。

139

HENRY
DAVID
THOREAU

夜には私の偉大な友人、ウォールデン湖の氷がたてるうめき声も聞こえた。それはまるで寝つけないために苛立った湖が、ベッドの中で寝返りを打っているようでもあり、腹の張りか悪夢にでも悩まされているようでもあった。また、霜で地面がピシッと割れる音で目覚め、誰かが馬車を戸口にぶつけたのかと思ったこともある。そんな翌朝は、地面に四〇〇メートルほどの細長い亀裂ができていた。

森に住んで飽きることはない。
動物たちが僕を楽しませてくれる。

140

HENRY
DAVID
THOREAU

明け方になると、いつも赤リスが僕を起こしてくれた。そのために森からやってきたと言わんばかりに、屋根の上を走り回ったり、家の外壁を昇り降りしたりした。僕は冬の間、実の入らなかったトウモロコシを半ブッシェル（約一八リットル）ほど戸口の雪の上に撒き、それにおびき寄せられてやってくるさまざまな動物たちの動きを観察して楽しんだ。夕方から夜にかけては、いつもウサギがやってきて、思う存分食べていった。

自然は、僕たちの問いに何も答えない。

141

HENRY
DAVID
THOREAU

マツの若木が点在する大地に深くつもった雪が、そして僕の家が建っている丘の斜面そのものが、「前を向いて進め！」と言っているように思えた。自然はどんな問いも投げかけないし、人間のどんな問いかけにも答えない。とうの昔に覚悟を決めてしまっているのだ。

森で暮らせば、
春の訪れを見る機会と余裕が持てる。

142

HENRY
DAVID
THOREAU

森で暮らそうと思い立った理由の一つは、春の訪れを見る機会と余裕が持てると思ったからだ。ようやく湖の氷がハチの巣状になり始めると、僕は歩きながら靴のかかとで踏みしめてみる。霧と雨、それに暖かさを増した日ざしが徐々に雪を溶かしていく。日がめっきり長くなってきた。もう暖炉で盛大に火を燃やす必要はないので、薪の山を補充しなくても冬が越せるだろう。僕は春の最初の兆しを見逃すまいと周囲に気を配る。渡り鳥がやってきてさえずっていないか。シマリスはもうエサの貯えが底をついたころだが、鳴き声はまだ聞こえないか。ウッドチャックがそろそろ意を決して冬ごもりから出てきていないか。

春に顔をのぞかせて野草たちは美しい。

143

HENRY
DAVID
THOREAU

地面の雪がまだらに解け、暖かい日が二、三日続いてその表面がいくらか乾くと、わずかに顔をのぞかせた幼い春の最初のいたいけな兆しを、厳しい冬に耐えて立ち枯れた植物の荘厳な美しさと見くらべるのは楽しかった。ムギワラギク、アキノキリンソウ、ハンニチバナ、それに優雅な野草たちは、夏にその美しさの頂点を迎えると思われがちだが、この時期のほうが目に立ち、興味をそそられることがよくあった。

春、それは混沌から生まれる宇宙。

144

HENRY
DAVID
THOREAU

どの季節も、それが巡ってきたときは最高のものに思えるものだが、わけても春の訪れは、混沌からの宇宙の創造、黄金時代の到来のように思える。

僕たちには野性という強壮剤が必要だ。

145

HENRY
DAVID
THOREAU

人間には野性という強壮剤が必要だ。ときにはゴイサギやクイナが潜む沼地を散策して、シギの鳴き声を聞いたり、さらに野性的で群れない鳥だけが巣をつくり、ミンクが腹を地べたにつけんばかりに這い回っているような場所で、風にそよぐスゲのにおいを嗅いだりするといい。

僕たちは英気を回復せねばならない。
人間の限界が超えられる瞬間を見て。

146

HENRY
DAVID
THOREAU

自然の尽きることのない活力、広大で巨人の国のような地形、破壊の跡がそのまま残る海岸、生きている木と朽ちた木が混在する原野、雷雲、三週間も降り続いて洪水を引き起こす雨を見て、人は英気を回復せねばならない。人間の限界が超えられる瞬間や、人間が決して足を踏み入れない場所でほかの生きものが自由に草を食《は》む姿を目撃する必要があるのだ。僕たちは腐肉を見ても嫌悪と吐き気しかもよおさないが、それをハゲタカがついばみ、その食事から健康と活力を得ているのを目にすると、元気がわいてくるだろう。

無数の命が犠牲になっても、自然は余裕だ。

147

HENRY
DAVID
THOREAU

僕は自然が生命にあふれていて、無数の生命が自然現象の犠牲になったり、たがいに捕食し合ったりしても、余裕綽々《しゃくしゃく》な様子を見るのが好きだ。弱い生きものがひっそりと果肉のようにつぶれて死のうが、オタマジャクシがサギに飲みこまれようが、カメやヒキガエルが道で車に轢かれようが、泰然自若《たいぜんじじゃく》としている。

歩け、森の中を。
歩かない足は、やがて身を滅ぼす。

148

HENRY
DAVID
THOREAU

僕の場合、少なくとも一日に四時間——たいていはそれ以上——あらゆる俗事から完全に解放されて、森を抜け、丘や野原を越えて歩き回らないと、心身の健康は保てない気がする。「いったい何を考えているんだ。一ペニー、いや、千ポンドやるから言ってみろ」と言われてもかまわない。ときおり、多くの職人や商店主が、まるで脚は立ったり歩いたりするためではなく、座るためにあるのだと言わんばかりに、午前中ばかりか午後もずっと脚を組んで座っているのを思い起こすたび、よくまあとうの昔に自殺してしまわなかったものだと感心する。

行き先を考えずに歩く。
そうすれば、自然と正しい方向へ導かれる。

149

HENRY
DAVID
THOREAU

ときどき、どちらへ歩いていけばいいか決められない場合があるが、どうしてだろう。自然界には精妙な磁力があるので、何も考えずに従っていけば、おのずと正しい方向へ導かれるはずだ。どちらの方向へ歩いていくかは、どうでもいいことではない。正しい方向は、たしかに存在する。しかし、僕たちは無頓着さと愚かさのために、えてして間違った方向を選んでしまうのだ。

最も生命力にあふれているのは、
最も野性的なものだ。

150

HENRY
DAVID
THOREAU

生命と野性は相通じるものである。最も生命力にあふれているのは、最も野性的なものだ。いまだ人間に従属していないからこそ、その存在が人間を活気づける。絶えず前進しながら、決して仕事の手を休めない人、急速に成長してもなお、かぎりなく人生に向上を求める人は、常に新たな田園地帯や原野に入り、生命のもとの中に身を置くだろう。そして、原生林の中、地を這う幹を乗り越えていくだろう。

僕にとって希望と未来は、芝生や耕地、都会や町の中ではなく、どんよりと水をたたえた沼地にある。

英気を養うために沼地を探す。
そこには自然の力、
自然の精気がみなぎっている。

151

HENRY
DAVID
THOREAU

英気を養いたくなると、僕はこのあたりで一番暗い森や、一番濁って果てしがなく、町の人間には一番陰気に思われる沼地を探す。そして、聖地に足を踏み入れるような気持ちで沼地に入っていく。そこには自然の力、自然の精気がみなぎっている。原生林が処女地を覆っているが、樹木にとってよい土は、人間のためにもよい。人間が健康でいるためには、農場が多量の堆肥を必要とするように、何エーカーもの見晴らすかぎりの草原が必要だ。そこには人間にとって必要な滋養が豊富にある。

風景の中に美と秩序がある。

152

HENRY
DAVID
THOREAU

風景の美しさを、人間はほとんど認識していない。ギリシア人は世界を「美」あるいは「秩序」を意味する「コスモス」という言葉で呼んでいたことを、僕たちは知らねばならない。だが、ギリシア人がなぜそう呼んだかをはっきり理解することができず、興味深い言語学的事実とみなすくらいが関の山だろう。

自然に教えを乞えばうまくいく。

153

HENRY
DAVID
THOREAU

最高の庭師は、自分では意識していないだろうが、自然のやり方に従うだけである。大きな種も小さな種も、鋤《すき》の背でたたいて土の中へ入れ、木の葉や藁を上にかぶせておけば、間違いなく発芽し、首尾よく成長するものだ。森林の植樹の実験をするとき、僕たちは最終的には自然のやり方に倣《なら》っているのに気づく。それならば、最初から自然に教えを乞うほうがうまくいくのではなかろうか。

自然の一部となれば、
息が詰まるほどのメッセージが
森全体から伝わってくる。

154

HENRY
DAVID
THOREAU

今夜は気持ちのいい夜だ。全身が一つの感覚になり、すべての毛穴から歓びを吸いこんでいる。僕は自然の中を、自然の一部となり、不思議な自由を味わいながら行ったり来たりしている。曇り空で肌寒く、風も強かったが、シャツ姿で石ころだらけの湖のほとりを歩いていると、とくに心ひかれるものがあるわけではないけれども、自然を構成するあらゆるものが、いつになく自分としっくり調和しているように感じられる。ウシガエルが夜の訪れを告げるように鳴き、池にさざ波を立てている風に乗って、ヨタカのさえずりが対岸から聞こえてくる。風に揺れるハンノキやポプラの葉がいじらしくて、僕は息が詰まりそうになる。

森の生きものたちが刻むリズムが、
森の中で暮らしていると見えてくる。

155

HENRY
DAVID
THOREAU

もうすっかり暗くなったが、いまなお風は吹いて森の中でうなり声をあげ、波は打ちよせ、ある生きものの歌声を聞きながら、ほかの動物が眠りにおちていく。すべての動物が寝静まることはない。一番獰猛な動物は眠らずに、えものを探しに出かけていく。キツネ、スカンク、ウサギたちは、恐れることなく野山をうろついている。彼らは自然の見回り役であり、活気にみちた日と日をつなぐ役目を果たしている。

智恵の贈り物

孤独の愉しみ方 森の生活者ソローの叡智

こどくのたのしみかた　もりのせいかつしゃそろーのえいち

2010年10月5日 第1刷発行

著　者　ヘンリー・ディヴィッド・ソロー
訳　者　服部千佳子

装丁・本文デザイン　長坂勇司

翻訳協力　株式会社トランネット
http://www.trannet.co.jp/

編集協力　宇津木聡史
編　集　花澤貴大
編集・発行人　本田道生

発行所　株式会社イースト・プレス
〒101-0051
東京都千代田区神田神保町1-19 ポニービル3F
TEL 03-5259-7321　FAX 03-5259-7322

印刷所　中央精版印刷株式会社

ISBN978-4-7816-0457-2

【智恵の贈り物】シリーズ

読み継がれてきた先人の教えには、
時代を超えた叡智が詰まっています。
この『智恵の贈り物』シリーズは、
いまに生きる人に役立つ智恵を伝えることを
目的に編集いたしました。
賢人たちによる珠玉の智恵を味わっていただき、
彼らの生き方、考え方、発想のヒント、
壁の乗り越え方などが、あなたがよりよく生きるための
ヒントになれば望外の喜びです。

【智恵の贈り物】シリーズ 5つの編集方針

1…
古今東西の賢人の知恵を
「現在に生きる人に役立つ本」として編集します。

2…
美しい造本を一流の装丁家が手掛けます。

3…
持ち運びに便利なよう、
判型を手ごろな新書サイズに統一します。

4…
あなた自身やあなたの大切な人の
「贈る本」になるよう紙にもこだわり、
しっかりした造本にします。

5…
哲学者、思想家、文豪、音楽家、芸術家など
文化を創造した賢人を
選別ならびに発掘していきます。

イースト・プレス【智恵の贈り物】編集部